NARRATORI ITALIANI

Dello stesso autore presso Bompiani

Sardinia blues

FLAVIO SORIGA
L'AMORE A LONDRA E IN ALTRI LUOGHI

BOMPIANI

© 2009 by Flavio Soriga
Published in arrangement with Agenzia Letteraria Roberto Santachiara

© 2009 RCS Libri S.p.A.
Via Mecenate 91 - 20138 Milano

ISBN 978-88-452-6217-3

Prima edizione Bompiani febbraio 2009

Seconda edizione Bompiani febbraio 2009

A Federica

"Mi sono innamorato di te
perché non avevo niente da fare"
Luigi Tenco

"Questo sentimento popolare
nasce da meccaniche divine"
Franco Battiato

Aprile

D'aprile soprattutto era bello, l'isolotto nostro, e sulle bici andavamo tutto il giorno e non c'era strada che non corressimo veloci, e le campagne verdi di pioggia ancora umide, usciti da scuola erano gare e scoperte, giochi e corse fino a sera, ora di cena, "Tutti a casa, diavoli che siete!", gridavano allora le mamme infuriatissime, sempre imbronciate anche se eravamo stati bravi, senza stragi di vetri di finestre o spedizioni lontano da farle disperare tutte nel quartiere.

Siamo cresciuti per strada, respirando il porto, il baccano dei barconi passeggeri, l'odore di pesci del mercato, guardando i tonni appesi ai ganci enormi, inseguendo le moto dei turisti, aspettando che arrivassero i parenti per l'estate, gridando scherzi ai vecchi solitari, rubando sigarette a nonni e zii; siamo cresciuti come selvaggi di buona educazione, come avventurieri di un mondo senza fine, un isolotto che piano piano ci è sembrato piccolo, insopportabilmente isola; ma certe primavere è stato un parco giochi, una pista da correre e un campo di battaglia, intrepidi mai stanchi esploratori.

"Guarda", mi diceva Claudio dalle mura del paese, "Guarda da dove fuggirò", e m'indicava la terra grande, e se in realtà era isola anche quella, non era facile capirlo senza avere davanti una cartina, noi eravamo un isolotto di un'isola più grande, ma del nostro si vedevano i confini ogni momento, il mare tutto intorno, in quell'altra, isola grandissima, potevi correre con l'auto e lasciarti indietro il mare ed essere come in continente, così ci dicevano i grandi che sapevano, a noi toccava sognare immaginare, e Claudio amico mio soprattutto lo faceva, sognava il mondo enorme da vedere, dove fuggire, appena grande, perché noi due avevamo in mente questo, già da allora, che saremmo andati via lontano.

"Domine, il gregge tuo proteggi e il male sia lontano", pregava mia madre alla messa di domenica, io le stavo accanto inginocchiato zitto e pensavo al prete nostro, a come faceva a vivere da solo, senza una donna, mi chiedevo a cosa mai servisse essere grandi, se non potevi guardare sederi e seni, perderti in tutti quei misteri di sorrisi e peli, di vagine e peni; invece di pregare io pensavo a don Polenta e mi spiaceva, che fosse solo e servo di tanti obblighi e digiuni; per anni sono andato al catechismo, confuso di preghiere e dogmi e misteri della Fede; confuso e scoglionato, soprattutto, le domeniche dei miei dodici anni, felice solo di aspettare cresima e regali, camicia nuova e scarpe tutte nere, quasi da grande, soldato del Signore, con la divisa proprio, vestito di gran festa.

D'aprile soprattutto era nostro l'isolotto, e correvamo le campagne ancora verdi con le nostre biciclette da due lire, passate per anni da un'infanzia all'altra, di zio in nipote come gioielli di famiglia, correvamo ridendo e scoprendo i posti e le persone, la punta Guardiamori e la tonnara vecchia, il campeggio abbandonato e le ville dei ricchi forestieri, l'anziano pazzo del faro di ponente, la sua mezza casa di vecchio decadente, solitario cacciatore di lepri e di pernici, "Fuori da qui, maledetti che voi siate!", ci gridava da lontano, e chi si avvicinava?, era il gusto di vederlo uscire sulla porta, minaccioso con la doppietta in braccio, rosso di rabbia e abbronzato sempre, "Scemo che sei!", gli diceva Claudio senza scendere di sella, "Scemo che sei!", e scappavamo col terrore nero di un pallino che ci prendesse nella schiena.

"Guarda!", diceva Claudio, e mi passava fumetti di donne in ginocchio e peni grossi e lunghi, di camionisti e cameriere, sode studentesse, di vergini prese da voglie indominabili, di ragazze sedotte con caramelle e imbrogli, di negri tutti duri, "Prendi prendi, sì sì!", gridavano i bruti di quei disegni osceni, e "Ancora ancora, ah sì!", sospiravano le donne di quelle brutte storie; "Guarda!", mi diceva Claudio, per me era scoprire quel che non sembrava vero e non lo era, fino alla volta in cui l'ho visto fare alla tedesca le ho pensate inventate tutte quante, quelle scene di escrescenze e liquidi e bisogni e durezze e invasioni e bagnamenti.

D'aprile soprattutto correva il tempo senza che bastasse, volavano i pomeriggi per i vicoli e i sentieri, inseguimenti d'indiani e pistoleri, e i gradini sotto gli archi saliti a quattro a quattro, "L'ultimo perde e paga pegno!", e l'ultimo era un finocchio e anche una checca, qualunque senso la parola nascondesse.

E ascoltavamo i vecchi nel bar dei comunisti e sentivamo le loro storie strampalate, l'Orbo che aveva pescato uno squalo in barca tutto solo, tre giorni trascinati dalla bestia, lui e la barca, tre giorni a pregare in mezzo al mare, a chiedersi se sarebbe mai tornato, il vecchio Orbo che ne sapeva sempre d'incredibili, di come si accoppiano gli squali lanciando urla quasi umane, "Urla che ti possono assordare, tanto son forti, che si riescono a sentire da un oceano all'altro", ci diceva l'Orbo sorridendo, "Che razza di urlo che lanciano gli squali, quando gli prende la voglia e si accoppiano nel gelo dei fondali!"

"Questa è una prigione, e di turisti e tonni a me non frega niente", diceva Claudio, seduti sulle nostre vecchie mura, un pezzo di pane per ciascuno, pane e sardine e una lattina americana, "Io in quest'isolotto non ci muoio, fammi passare il mare e può ingoiarlo un terremoto, vadano al diavolo le zie, il prete e tutti i vecchi", così diceva Claudio allora, così ricordo adesso, forse non erano queste le parole, ai nostri tredici anni, ma era questo che voleva dire, la sua voglia maledetta di scappare, il fuoco che lo muoveva ogni momento, il fuoco anche mio ma silenzioso, l'ascoltavo e facevo i miei pensieri, cercavo un futuro da augurarmi.

E il sacerdote, anche lui ci raccontava storie, prete Polenta lo chiamavamo noi, perché d'inverno a cena cucinava quella cosa strana, che solo a guadarla si capiva che non era uomo, "I preti sono tutti delle checche", mi diceva Claudio andando a catechismo, "PRETE POLENTA CE L'HA PICCOLO", ha scritto il mio amico una notte sul muro della chiesa, "E LE BEGHINE S'ACCONTENTANO", ci ha aggiunto qualcuno con lo spray, "E sono arrivati i carabinieri a cancellare quello schifo", così ha detto babbo a cena quella sera.

"Le checche sono i maschi che parlano da donna e sculettano per strada, i finocchi sono quelli che lo prendono da dietro, come le donne porche, è tutto chiaro?", ci aveva detto un ragazzo di città di sedici anni, un giorno d'estate che fumavamo al molo fingendo di pescare, non era chiaro niente ma dirlo era vergogna, "Certo!", abbiamo detto con una voce sola; "Voglio vedere le checche sculettare e i finocchi e le donne porche come la tedesca", mi ha detto Claudio quella sera, "Appena posso e vado via voglio vedere quello e altro, nelle città del mondo, poi mi vieni a trovare e andiamo in giro e io ti spiego tutto, i posti e le persone".

Ci raccontava dei Crociati del Signore, prete Polenta, in armi verso la Santa Terra occupata da infedeli, e sapeva raccontare, a dire il vero, quello sì che lo sapeva fare, sudato infervorato e con occhi trasognati, ti sembrava di vederli quei pezzi di tedeschi alti e grossi tutti gonfi dentro l'armatura, a cento a cento che si radunano per liberare il Sepolcro dai neri saraceni, inginocchiati in una piana immensa, l'esercito di Dio pronto a farsi benedire.

"Guarda!", mi ha detto Claudio una notte a inizio estate, spiando da una collina la casa dei tedeschi, e lì ho visto la signora di Stoccarda, nostra madonna dei sogni proibitissimi, inginocchiata davanti al suo divano, l'amore suo lì con gli occhi chiusi, a carezzarle i capelli con le mani morsicandosi le labbra di piacere, "Hai visto?", mi ha detto Claudio, e io vedevo e guardavo e non ci potevo credere, e mai ho scordato quell'immagine notturna, quella donna forestiera in ginocchio a fare quella cosa con la bocca, come le eroine più porche dei nostri fumetti imperdonabili.

"Chi se ne va da qui ritorna sempre", mi diceva nonna dal suo scranno piccolino, fuori dalla porta nella strada stretta, stava seduta e cantava preghiere e versi antichi, "Se le canto me le ricordo meglio, le preghiere", così diceva sempre, ma non credo dimenticasse mai qualcosa, nonna Evelina tutta nera, cantava Credo e Padre Nostro perché anche noi sentissimo, che non potessimo sfuggire la Parola, il Verbo, nemmeno mio padre scansamessa, nemmeno lui che la domenica si svegliava tardi e mai si confessava, "Beato chi ha il Signore perché sta bene ovunque", mi diceva nonna, e io invece volevo fuggire lontanissimo, 'Non c'è niente che mi possa trattenere', pensavo, 'Anch'io voglio scappare come Claudio, non c'è niente che mi possa trattenere', "E dov'è che te ne vai adesso?" diceva nonna quando inforcavo il mio sellino, "Chetati e siedi qui con me, che mi aiuti a fare un bel rosario", 'Non c'è niente che mi possa trattenere', pensavo sgommando verso il porto.

E d'aprile ritornavano gli uomini imbarcati su navi passeggeri e petroliere, i mariti e i padri in ferie per la Pasqua e la Pasquetta, li sentivamo maledire il lavoro sulle navi, lavoro benedetto che mai possa mancare, li sentivamo parlare dei ricchi di altre terre, di comandanti finlandesi e russi e armeni; e portavano regali per i figli, e io invidiavo quei bambini con padri giramondo per mestiere, lontana ogni giorno la famiglia, li invidiavo quegli orfani più o meno, ma con regali incredibili da morire d'invidia tutti quanti, spade spaziali e astronavi roboanti, aquiloni fatti a mano e robot d'America e Giappone, e non sapevo che sarei stato come orfano anche io, di lì ai miei dodici anni, senza padre all'improvviso, nessun impiego a spiegare quell'assenza, senza regali come ricompensa.

A me è piaciuto sempre l'isolotto nostro, solo non bastava ai nostri anni, le domande erano troppe, pochi i compaesani che sapessero rispondere, o che volessero, con noi ragazzi rompiballe, "Com'è fatta Roma?, e l'America ricchissima?", e mia madre ci diceva: "Quieti, state quieti, studiate e lo vedrete, l'Italia e tutto il mondo, fatti dottore figlio mio", diceva mamma mettendomi a dormire, "Fatti dottore o ufficiale d'aviazione", diceva mia madre sull'orlo della notte, ma lei sognava che restassi, tutta la vita a farle forza, così pensavo in quelle sere, così leggevo nei suoi occhi, piccola donna impaurita dalla vita, dal mondo troppo grande per capirlo.

Nostra signora dei sogni proibiti, la tedesca della casa dello stagno, casa grande e palme e ulivi nel giardino, più che un giardino, era quello, un bosco in cui passava le mattine ad aspettare l'uomo suo, uomo d'affari d'altri posti arrivato e arenatosi da noi, signora bionda dalle trecce lunghe, quanti sonni mi agitavano i suoi sguardi, "Nostra signora vieni a trovarmi", pregavo a letto mentre arrivava il sonno, e lei mi accarezzava i capelli tutta notte, e mi dava baci sulle labbra ed erano umidi e stancanti quei miei sogni, nostra madonna del sorriso dolce, quando l'ho vista inginocchiata, davanti all'uomo suo come in un fumetto osceno, 'Oh Dio come voglio diventare grande', mi sono detto quella volta, 'Che meraviglia dev'essere, stringere un cuscino ad occhi chiusi, con quella donna che ti bacia dove non si può'.

D'aprile soprattutto era una festa, quando mio padre al sabato ci metteva sul traghetto e ci portava nella città lontana, tutto il giorno a fare acquisti o visite ai parenti, era bellissima la città ai miei occhi, piena di gente che andava sempre dappertutto, gente che s'incontrava senza salutarsi, era bruttissima con i palazzi grigi, mio padre mi diceva che c'entrava il paese nostro intero, in un palazzo di quelli a dieci piani, e mia madre pregava di non doverci andare ad abitare, "Meglio in campagna a portare capre al pascolo", diceva mia madre, "Meglio soli a pascolare che in quei buchi al sesto piano senza mai toccare terra, con i vicini che ti sentono anche quando vai al bagno", così diceva mia madre in quelle gite, e io guardavo le ragazze bionde e belle come la tedesca dei sogni miei proibiti, quante ce n'erano nella città grandissima, quanta gente che non trovava pace, tutti sempre in giro senza salutarsi, ignoranti dei nomi di chi avevano vicino.

D'aprile arrivava mia cugina, la romana, con la madre a prendere un po' il sole, a stare al mare senza la ressa dell'estate, mia cugina di Roma e sua madre figlia d'emigrati, com'era bello quand'arrivavano giù al porto, io e Claudio sempre lì davanti, come un picchetto d'arrivo e benvenuto, erano pacchi e baci e dolci e vini e bensbarcate e granregali, mia cugina Linda la romana.

E per la Pasqua soprattutto mia nonna cantava le preghiere, seduta sullo scranno prima e dopo messa, una al giorno per tutta la quaresima, "Aiutaci a non perderci o Signore", cantava la mamma di mamma e odi alla Madonna, vergine madre di Gesù d'infinita compassione, "E com'è morta la Madonna?", chiedevo a nonna per confonderla, "Prega", diceva lei con aria pia e ispirata, "Prega figlio mio, ché Dio ci guidi sempre", ma io non pregavo per non finire prete o bacchettone, come ci dicevano gli uomini veri al bar dei comunisti, e mai volevo andare a fare confessione, cosa da checca di sicuro, "Dire al prete della tedesca dei miei sogni, e siamo matti!", diceva Claudio che lui dal prete sì, ci andava, per la mancia di domenica di una zia beghina invedovata, però senza parlare dei sogni e dei fumetti, inventando qualche colpa da due soldi come fanno tutti, mariti e mogli e anziani peccatori.

E sempre c'erano amiche e amici di mia cugina e di sua madre, a fare compagnia e giocare in doppio, a passare le giornate nel campo rosso e in nuotate e passeggiate, a fare compagnia e mangiare pesce, al fresco del loggiato al pomeriggio, amiche con l'accento loro strano, e quella villa antica risuonava sempre di risate, di bibite al sole e macedonie e dolci e creme, come un giardino di delizie e

17

principesse; leggevano riviste di gran moda e posta di lettrici quasi donne, parlavano di amori e amici loro, di posti di città neppure mai sentite, Campo de' Fiori e Trastevere e Circeo, Forte dei Marmi e Sabaudia e Prati e Ischia; parlavano di vacanze e ville al mare, sempre scontente all'arrivo della sera, ora di uscire, scontente della poca gente, di nessun locale divertente, dell'isolotto nostro con poco nome e turisti ancora meno.

"Così non devi fare", diceva mia nonna certe sere, a mia madre che piangeva e si copriva il viso, "Che cos'ho fatto io?", chiedeva mia madre a chissà chi, non a mia nonna che pregava con il rosario in mano e la guardava con la fronte tutta rughe, sembrava una madonna vecchia vecchia, "Così non devi fare, piangere così, che c'è il bambino di là e ti può sentire", e io sentivo, infatti, guardavo dal buco della porta, in camera di nonna erano nascoste le mie donne, e pregava nonna e mamma continuava il pianto, "Perché l'ha fatto", diceva, "Perché l'ha fatto? e dov'è andato, mamma?", chiedeva mia madre e fu la prima volta che pensai a questa cosa: che quella vecchia era sua madre come lei la mia, e mi fece impressione e fui geloso, di quella vecchia che pregava cantando per noi tutti la sua fede, e a cui mia madre chiedeva adesso consiglio e compassione, la invidiai e mi chiesi ancora dove fosse babbo, che da un mese non tornava e nessuno mi diceva come mai.

Quando arrivava mia cugina era un seguirla di continuo, e non eravamo più soltanto Claudio e io, facevamo le squadre e ci davamo il turno, che non perdessimo un secondo di quella gente di città, la villa grande comprata a un francese d'altro secolo, villa enorme con piscina e vista mare, politico il mestiere di mio zio, poco si vedeva quel parente alla lontana, arrivava due o tre giorni e ripartiva; moglie e figlia le lasciava lì per settimane, noi le seguivamo sempre; ci piacevano le loro scarpe bianche e quella terra rossa dove giocavano ogni giorno; mia cugina sudata dopo il tennis era per noi visione d'altre vite, di modi di passare il tempo a noi ignoti, l'eleganza bianca delle polo e le racchette, i capelli tenuti in una coda, tutto ci sembrava bello, in quella gente e nei loro modi di città.

Il perché dei pianti di mia madre io non lo sapevo, chiedevo a nonna e lei diceva "Prega, figlio mio", di parlarne con mamma non trovavo mai il coraggio, e papà lontano non dava più notizie; Claudio un giorno me l'ha detto, "Tuo padre se la fa con un'impiegata di città", mi ha detto un pomeriggio, ed era già inverno e l'isolotto era di nuovo nostro, e uscivamo di scuola e lui mi ha detto "Tuo padre è andato via, si scopa la signorina De Giovanni, la segretaria della scuola elementare, che quest'anno è tornata al capoluogo, così è successo ed è meglio che tu sappia", così mi ha detto Claudio quell'inverno, ed è stata l'unica cosa che abbia mai saputo, mai più ho chiesto conto della fuga, mai più ho voluto poi sapere, delle voci che arrivavano a me non importava, mai più ho visto mio padre all'isolotto, mai più ho cercato le sue tracce, fino a un aprile molto tempo dopo, aprile senza rime e senza Claudio, primavera di anni già da adulto, senza fughe in bicicletta e avventure di pirati e mori, senza poesia di sogni e d'invenzioni, aprile d'altri luoghi, lontani da quegli anni nostri di ragazzi.

E gli anni son trascorsi, infine, e quanti.

E prima o poi tutto si fa prosa, e la poesia scompare, o resta rinchiusa in un'ora soltanto prima di prendere sonno, in mezzo alle cose normali, quelle che fanno tutti: lavorare, guadagnare, portare i figli all'asilo, e poi a scuola, e poi al basket e al calcio e a scuola tennis. Un'ora di poesia presa dai libri, perché la vita non fa più rime come un tempo, non è più tutta avventure e sole, e libertà di bicicletta e corse dopo la scuola; no, la vita si fa diversa, tutta in prosa, appunto, o soprattutto in prosa, anche se c'è una moglie e il suo sorriso, e bambini a cui adesso puoi raccontare tu, e farli sognare, almeno un'ora.

Sono cresciuto e sono andato via, dopotutto non era così difficile, dopotutto bastava crescere, e questo non è mai difficile, sono cresciuto e sono andato a studiare lontano, con la domanda sempre scritta in faccia a mia madre, e a mia nonna ancora più forte, quella domanda: "Come puoi farlo, come puoi lasciarci qui da sole? cosa ti manca qui con noi?".

Sono cresciuto e non ho voluto ascoltare quelle domande, farmi incarcerare da quello che era successo e dal loro dolore zitto, dall'abbandono di mio padre mai citato, abbandono successo e mai commentato, non sono voluto restare a lavorare al Comune, o in bottega con mia zia; sono cresciuto e ho vinto borse di studio e fatto quello che volevo, ho studiato e trovato dei lavori e visitato città e conosciuto donne che ho amato più o meno, più o meno ricambiato; dentro ho portato quell'abbandono, dentro senza parole per pensarlo, mia nonna e mia madre le ho portate con me, i loro visi duri, le loro preghiere tutti i giorni, sempre ogni momento ho pensato al mio isolotto e alle primavere da ragazzi, ma farmi carcerare no, non ho voluto.

La poesia si fa prosa e chi ti è stato vicino non ti capisce, chi ti ha cullato la buonanotte dicendo "Fatti dottore, figlio mio, o ufficiale d'aviazione"; chi ti ha cullato resta in quegli anni di te bambino e tu ai suoi occhi non cresci, non puoi crescere anche se già sei cresciuto, "Come farai nel mondo grande senza padre e senza denari?", eppure ce l'ho fatta, facendo la spesa da povero e lavorando le domeniche, eppure ce l'ho fatta e sì, mi è sempre dispiaciuto sapere lontane le mie donne sole, ma dovevo andare via, così ho fatto, sempre col ricordo di quegli anni, ricordi in poesia, bugiardi di nostalgia, col bisogno di andare e il dolore di non poter restare.

Prete Polenta si è spretato. In quei giorni in cui mia madre soffriva, abbandonata e persa, lui se n'è invaghito, innamorato, in qualche modo, in quei pomeriggi in cui lei piangeva e pregava e gli stringeva la mano lui ha scoperto quello che non avrebbe dovuto: in quella donna, nella sua bellezza, nel suo fascino dolente, per la prima volta prete Polenta ha visto tutto ciò che ti può stregare in una donna.

Nelle lettere non spedite, o non lette dai destinatari, in lettere inutili e di dolore finiscono molti amori, quelli non vissuti e troppo sognati, fino a farne altro, un'ipotesi di amore, l'amore assoluto che non ha niente in comune con gli amori veri, che sono faticosi e di noia e sesso e liquidi e consolazioni e offese; nelle lettere prete Polenta ha vissuto quell'amore, troppo devoto agli occhi di mia madre per provare a proporle un bacio, una fuga, un matrimonio;

nelle lettere ha messo il suo amore, molte lettere scritte in altri luoghi, spedite a lei che l'aveva fatto ritrovare uomo, con le urgenze degli uomini e le miserie, troppo pesanti mi erano sembrati gli obblighi del prete, a me bambino di quegli anni, troppo pesanti li ha trovati poi prete Polenta, torinese di nascita, o piemontese comunque, uomo dal corpo slanciato ma forte, pieno di sangue che si aggrumava nelle guance sempre rosse, guance e pelle e mani da campagnolo sano; nelle lettere ha messo il suo amore per mia madre, e io le ho trovate in casa nostra e ora le posseggo, come quelle di mia madre al suo marito fuggito; molto finisce in carta e inchiostro, dei nostri amori e dei nostri odi, dei deliri che ci hanno fatto perdere la strada, o cambiarla all'improvviso; io possiedo e leggo queste lettere, queste richieste di perdono di un prete alla sua parrocchiana smarrita e che l'ha fatto smarrire, o forse ritrovare: di nuovo uomo, obblighi del corpo da non potere ignorare, spinte del cuore da non potere fermare; "Pietà ti chiedo, per non essere stato di spirito e fede, pietà per non averti potuto aiutare di più, in parole e opere, per essere stato così poco sacerdote, troppo uomo e troppo preso dai tuoi occhi"; io oggi ho queste lettere che dicono a una donna che la sua bellezza ha deciso una vita, un destino, e che lei non deve buttarsi via nel non vivere, "Anche questo è peccato a Dio, e non devi smettere di credere in quello che può arrivare di buono dai nostri giorni, non devi smettere mai di credere, in Dio e nelle cose buone".

Preghiere andate a vuoto, mia madre non le ha ascoltate, si è persa: non ha reagito, non ha vissuto, non è più uscita da quei giorni, spenti piano piano i suoi occhi che avevano stregato.

Prete Polenta si è sposato in una città del Nord, non nel suo Piemonte di castagne e vino rosso, in un Nord di pianure e fabbriche, lontano comunque da noi e da lei, prete Polenta ha aperto un panificio, ha avuto una figlia e poi un'altra, così ho saputo, e che sta bene, e che Dio lo aiuti, con i suoi dolori e rimpianti di uomo.

Non era aprile tutti i mesi, e certi giorni di febbraio, a ripensarli con un po' di onestà, sono stati lunghi come incubi: a diciassette anni, con la televisione che ti porta film di adolescenti che crescono nelle città americane, tra grattacieli e drive-in, surfisti biondi e biondissime bagnine, certi pomeriggi erano lunghe ore da uccidere in piazza con la camicia ben stirata o la felpa newyorkese e la gelatina tra i capelli e la compagnia obbligata degli altri adolescenti insofferenti; erano lunghi sabato sera a cercare ragazze che sapevamo non esserci, ragazze sconosciute e disponibili, a un bacio almeno, a un'avventura come nei telefilm, dove sono le ragazze della televisione?, guardavamo il traghetto partire e pensavamo di salirci, ma per andare dove?, oltre il mare c'era un'altra isola, dopotutto, estranea e incomprensibile, andare dove? e a fare cosa?

L'estate era un po' meglio, e si poteva fare gli scemi con le turiste, qualche straniera, e trovavi un po' di poesia nei tramonti in spiaggia, nei fuochi sulla sabbia, in qualche festa nei giardini; ma per lunghi anni è stato noia soprattutto, e se adesso sembra poesia è forse perché il ricordo cancella i pomeriggi a casa e le sere da carcerati d'inverno, la memoria ti fa disonesto, lascia solo la magia dei tredici anni, le giornate d'aprile per le campagne, la memoria fa così, la mia, perlomeno.

Claudio si è perso. Anche lui è cresciuto, come me, partito per terre più grandi che non avessero mare tutto intorno ogni momento, un padre commerciante a dirgli "Ritorna, cosa vuoi fare senza lavoro e laurea?", anche lui è andato via e l'ha preso l'euforia delle strade che vanno dappertutto, dei treni che partono ogni momento, delle città in mezzo alle strade del mondo; euforia che nessuno può capire se non ha passato anni in un posto da cui si può solo partire o arrivare, mai passare per caso; un posto come uno scoglio, un posto con l'ultimo traghetto a tarda sera e poi è finita, qualunque cosa succeda al mondo si resta lì, a passare il tempo lontani da tutti, dalla storia e dalla cronaca, periferia assoluta.

Claudio si è perso per rabbia accumulata, fretta e confusione, chi lo sa?, e forse lo si capiva già in quegli anni, che troppo gli bruciava il sangue, così era lui per me: un guerriero rabbioso e casinista, allergico ai libri e alle preghiere, mai cattivo e mai ubbidiente.

Per me è stato come l'eroe da seguire, o almeno da ammirare; tante volte mi ha fatto chiedere se non fossi un frocio, un gay, un finocchio, come dicevamo allora, se l'ammirazione che sentivo per lui, il bisogno di parlare sempre con lui, di chiedergli consigli su ogni cosa, di sapere cosa pensava e cos'avrebbe fatto, se tutto questo non fosse amore.

Tante volte me l'ha fatto chiedere, senza che trovassi il coraggio di chiedermelo davvero, di parlarne con qualcuno ancora meno; era un chiedere a me stesso ma di nascosto, in fondo in fondo, solo nei pensieri.

24

Per questo, anche per questo è stata importante mia cugina, in quegli anni: vederla e sognarla nuda erano una cosa sola, immediata, e questo mi confortava; l'idea di essere diverso, o frocio, omosessuale, o peggio checca, come dicevamo noi, l'idea di scoprire di essere così era il terrore, a quell'età, terrore folle, e quella ragazza che mi prendeva i pensieri e mi occupava le fantasie era una garanzia: "No, sono normale".

Quando porto i miei figli nei giardini della mia città, mi fa male vederli felici per due alberi e un po' di prato, mi fa male la loro libertà sempre vigilata, questo soprattutto mi fa pensare in rima e rimpianto alla mia infanzia, la loro libertà sempre condizionata a una madre e a un padre e a una ragazza pagata per controllarli, i loro movimenti sempre decisi da altri, sempre programmati; se li paragono a noi allora, se li paragono a quelle primavere mi fa male; hanno bici bellissime, i miei figli, comprate nuove e non ereditate e messe insieme da un vecchio aggiustatutto, ma possono correre solo la domenica, per certe gite che bisogna organizzare un mese prima; certe passeggiate con noi vicino, portati a vedere com'è il mondo fuori dal cemento dove crescono, il mondo d'aprile tra gli alberi in campagna.

Mia madre è rimasta nell'isolotto nostro, mia nonna le è stata accanto, si sono fatte compagnia, con grande forza, con molte preghiere. Io sono tornato tutte le volte che ho potuto, durante i miei studi fuori, nel remoto continente, durante gli studi e anche dopo, con un lavoro abbastanza vero, abbastanza sicuro, abbastanza da non farle più preoccupare per me. Ma soprattutto quegli anni di studio sono stati duri: lei ancora giovane, dura da accettare quella sconfitta, quell'incomprensibile schiaffo dell'amore, il marito fuggito via per un'altra, assurdo e inaccettabile.

Claudio è mio fratello, assieme abbiamo rubato nei negozietti giù del porto, siamo scappati quando ci hanno scoperto, siamo stati puniti dalle nostre madri; assieme abbiamo baciato le prime ragazze forestiere, assieme abbiamo scoperto che non serviva essere americani di città per piacere nelle nottate in spiaggia, assieme abbiamo imparato a fare divertire e incuriosire, a fare i tuffi dagli scogli senza avere mai paura, a dire stupidaggini e cantare le canzoni; abbiamo condiviso l'amore per le donne, per le conquiste e il sesso e il dolore dei rifiuti, assieme abbiamo imparato la musica da spiaggia, a suonare chitarra e armonica e tamburi, per i fuochi di notte tarda, per agosto che è la festa grande della nostra terra; assieme abbiamo sognato i nostri viaggi, siamo andati a fare campeggi per l'isola più grande; assieme abbiamo odiato la scuola e i consigli dei grandi; assieme abbiamo vissuto tutto, per molto tempo, prima di scappare in direzioni diverse.

La tedesca di Stoccarda non l'ho più incontrata, mai più, né ho mai chiesto di lei ai miei paesani, mia madre e mia nonna non me ne hanno mai parlato e si capisce: scostumata che prendeva il sole in giardino senza il reggiseno, agitatrice dei nostri sogni. Quella bianchezza di pelle che abbagliava noi africani mai usciti, mi torna in mente quando incontro le tedesche giovanissime che visitano tutto l'anno la mia città di adesso, d'estate le incontro coperte di scialli bianchi e cappelli larghi, vagano per le strade combattendo coraggiose la lotta ai raggi arroganti, come doveva essere per quella donna nel mio isolotto per nove o dieci mesi l'anno, lotta strenue al cielo che brucia. Chissà quanti anni aveva, mi chiedo adesso: sempre grandi ci sembrano nel ricordo le figure di quando eravamo piccoli, grandi e basta; chissà quanto era grande lei, magari la mia età di adesso, o più giovane ancora, magari aveva vent'anni ed era scappata di casa con l'amore suo, lontanissimo in quell'angolo di Sud, contro la famiglia e il lavoro in banca da iniziare, magari era medico e aveva lasciato l'ospedale e la carriera per venire a dipingere tramonti d'Africa in giardino, magari adesso invecchia a Stoccarda, senza mostrare più i seni a nessuno, senza giardino in cui mostrarli, chissà.

Claudio è stato come un cugino, un fratello, Claudio e io abbiamo conosciuto una francese, una notte di fine luglio, nel bar del vecchio campeggio, e abbiamo bevuto con lei e le sue amiche e ci siamo sfidati a biliardino e l'abbiamo fatta ridere e abbiamo fatto i simpatici con le sue amiche e abbiamo cantato "Hasta siempre comandante", "Nino non aver paura di sbagliare un calcio di rigore".

Abbiamo cantato e riso e suonato la chitarra e l'armonica e l'abbiamo guardata negli occhi, tutti e due, e cercato di spiare chi le piacesse, chi di noi due volesse per quella serata, serata da diciottenni in vacanza, serata di caldo erotico; insieme siamo scesi in spiaggia noi tre, e abbiamo fatto la strada continuando a ridere e fare scherzi e non sapevamo chi avrebbe scelto; io e il mio fratello abbiamo fatto l'amore con la stessa donna nello stesso momento, baciandola in ogni parte del suo corpo e cercando di non incrociare le nostre lingue e mani, impegnati a cercare il suo piacere e poi il nostro, con incroci e scambi di ruoli e posizioni, e lei dopo ci ha dato un bacio ciascuno e ci ha detto "Che belli che siete", e noi non ci siamo guardati e avevamo la sabbia dappertutto, dentro di noi e tra i capelli, e io sono entrato in acqua ed era calda e alta e forte la luna, e ho nuotato per mezz'ora nella notte profonda e sentivo ancora chitarre e risate in un angolo lontano della spiaggia e nuotavo cercando di non pensare e nuotavo pensando a Claudio e a quello che era successo e nuotavo pensando al futuro e a quando quell'isola non sarebbe più stata mia e avrei studiato lontano e sono tornato a riva e non c'era più nessuno e ho pensato che il futuro ci ruba troppo tempo a pensarlo e non è giusto; che in quell'angolo di mondo dove il mondo finisce gli amici sono sempre come fratelli, mi sono chiesto di nuovo perché mio padre fosse fuggito e cosa sarebbe stato di me, tutto questo ho pensato quella notte anche se non volevo pensarlo e Claudio era andato via con lei, mano nella mano, ed ero ancora ubriaco ma era successo e loro erano andati via e io avevo nuotato per mezz'ora e avevo le braccia e le gambe che mi facevano male e volevo dormire e sono tornato a casa da solo, calda e zitta, adesso, la notte.

Mia nonna se n'è andata un anno fa. Ha tenuto duro, ha resistito, fino all'ultima sua sera ha pregato Dio di darle forza, e lo diceva a voce alta, "Non per me, per questa donna, per il sangue mio, per mia figlia come vedova che non debba stare sola", e me l'aveva già detto molte volte, "Dio mi ha dato questo compito: Dio mi ha chiesto di stare vicina a questa povera donna". Lei, mia nonna Evelina sempre nera di vestiti, lei non si è mai lamentata della sua vedovanza prematura, dei suoi anni durissimi di moglie di pescatore, di niente mai che la riguardasse.

Di me si è sempre lamentata, della mia scelta di andare lontano, di lasciare una madre indifesa e sola, della mia incapacità di capire che il proprio destino non esiste, il destino è comune ai tuoi cari, il tuo destino sempre deve sacrificarsi a chi ti ama, a chi è venuto prima di te, il tuo destino è quello che Dio ti ha dato, peccato mortale non seguirne le strade.

"Perché sei andato via?", mi ha chiesto mille volte senza chiedermelo, e mi vedeva come il figlio di mio padre, come suo discepolo nel male inflitto a mia madre, ogni giorno ripetuto in quella solitudine, "Perché l'avete abbandonata?", mi ha chiesto mille volte senza dire nulla, io e mio padre una sola colpa, lo stesso peccato.

Nel suo letto d'ospedale, carica di flebo e tubi, ha preso la mia mano, l'ha stretta forte, di una forza che chissà come aveva ancora, di una forza che non avresti mai creduto, mi ha stretto la mano e mi ha detto "Nipote mio, non lasciare sola tua madre, non lasciarla mai", e io le ho detto di sì, che sempre le sarei stato accanto, certo, adesso che lei non poteva, e infatti ho portato mia madre con me, in questa città che le è estranea, così lontano dalla sua terra; l'ho fatto per lei, per mia nonna e la sua forza di moribonda, "Non lasciarla da sola, ragazzo mio, mai, non farlo", e voleva dire "Torna da lei", e io invece ho portato sua figlia con me, e so che mia nonna non capirebbe e non sarebbe d'accordo e ancora mi penserebbe peccatore, ma altro non posso fare.

Se è possibile che prete Polenta si sia innamorato di mia madre, l'inverso non è successo di sicuro. Lei ha continuato ad amare mio padre. Adesso lo so con certezza, perché ho aiutato mia madre a preparare le sue cose, le valigie per la sua nuova casa che è la mia, nella città che lei non capisce e che è quella che mi ha accolto, e sistemando le cose vecchie e scegliendo quelle da portare ho trovato le lettere che lei, mia madre, per molto tempo ha continuato a scrivere al traditore, al fuggito, al bugiardo, le lettere che mia madre, senza mai spedirle, ha scritto a mio padre andato via. Sono lettere terribili, di insulti, di minacce, di preghiere, di umiliazione, "Hai fatto bene a lasciarmi, non sono niente", "Perché non torni, maledetto?", "Torna, amore mio, ti prego"; hanno una domanda dentro, quelle lettere, continuamente ripetuta, o sottintesa, una domanda che per lei era tutto, e a me suona così poco importante, e per mio padre deve essere suonata altrettanto lieve: "Come hai potuto rompere un giuramento?", questo chiede mia madre in quelle pagine, e lo fa continuamente, "Come hai potuto?, tu che hai detto: 'Nella buona e nella cattiva sorte', che lo hai detto davanti al Signore, nella sua Casa, 'Finché morte non ci separi', come hai potuto?", e chiedendoglielo se lo chiede, mia madre, incapace di trovare risposta, come ha potuto quell'uomo dare così poca importanza ai giuramenti fatti a lei e a Dio?

Non tutto quello che è successo in quelle primavere lo ricordo in rima, in poesia e in immagini di sole, chissà perché alcune persone mi tornano in mente sfocate, mi arriva l'eco della loro voce soprattutto, se dovessi raccontarle lo farei con dei suoni, un'orchestra ci vorrebbe per mio zio, padre di Linda mia cugina, che cugina in realtà non era, cugina per modo di dire, zio per modo di dire.

Un'orchestra ci vorrebbe per raccontare la sua voce e i suoi scherzi, le rare volte che veniva nell'isola, e si lamentava di quel posto tanto isolato e tanto piccolo e con tanta poca gente; violini e percussioni ci vorrebbero a raccontare i suoi scherzi terroni, le sue urla napoletane, gli insulti a tutti e tutto, il suo casino facile e leggero, il suo parlare di dolci e belle donne con l'euforia di un ragazzino.

Un'orchestra balcanica ci vorrebbe a ripetere il ritmo dei suoi monologhi tutti teorie e progetti e maledizioni; ogni volta che veniva era uragano di parole e abbracci, tutti amici eravamo, tutti parenti e benvoluti, regali portava a pacchi, e mozzarelle e struffoli e sfogliate della sua città sempre nel cuore; e se la prendeva col carattere nostro taciturno e pigro, "Qui tirerei su un grande albergo", diceva di una collina brulla, "E il porto va rifatto tutto quanto, la tonnara ci facciamo un centro olimpico e un campo da golf verso ponente".

Sempre aveva voglia d'immaginare e proporre, parlava per ore con il sindaco nostro e con altri politici dell'isola più grande, tutti venivano a fargli visita e a chiedergli favori e intercessioni; "Che grandissimi spaccaballe che sono", diceva mio zio dei questuanti che riceveva in processione, "Sono tutti spaccaballe e fanfaroni", diceva, però se non aveva qualcuno con cui bere e parlare a cena al fresco del portico, se non aveva la villa piena e festa a tutte le ore, se lo lasciavano solo mezza sera già si sentiva perso, "Oh", diceva, "Mannaggia a quest'isola che è una palla insopportabile, mannaggia a voi", e andava in paese a fare spesa e cercare ospiti e commensali, andava al Miramare a prendere un aperitivo e attaccare bottone coi turisti, ad acchiappare qualche tedesco da fargli compagnia, da dividere sfogliate e mozzarelle e fare un po' di festa.

Non avevano ragione mia nonna, mia madre e la gente del mio isolotto: non è vero che chi sta male in un posto starà male dappertutto, che non si può stare meglio da un'altra parte, che si può viaggiare solo se costretti, solo per lavoro e sempre per tornare. Non tutti quelli che vanno via stanno meglio, ma qualcuno sì, io sì, io sto bene in una grande città, dove posso cenare a qualunque ora, dove incontro visi stranieri, accenti stranieri, donne mai viste e belle e interessanti; dove ho incontrato e conosciuto una francese che ho sposato, e avuto figli che parlano due lingue e hanno compagni di scuola di tutti i posti dell'Europa e africani e indiani e cinesi e pakistani, diversi da loro e uguali. A me piace che nessuno mi conosca quando entro in un locale, o quando rincaso, e saluto il portiere del mio palazzo che ancora non ha imparato il mio nome, e non sa nulla di mio padre fuggito e mai lo saprà, di mia zia e della sua bottega e di mia madre costretta per anni a lavorare da lei per tirare avanti.

Nulla sa il portiere del mio fratello della vita e di quella notte in cui abbiamo fatto l'amore con una sola donna nello stesso momento, io e Claudio, facendola godere e non come pensavamo si facesse ai nostri dodici anni, non con le urla maschie di quei giornali proibitissimi, seguendo i ritmi e i movimenti e i desideri di quella giovane francese e cominciando a capire quant'è difficile e sfuggente, il senso dei nostri corpi, quante le regole che cercano eccezioni, la normalità tanto invocata e portatrice, così spesso, invece, di noia irreparabile; l'abbiamo imparato, per fortuna, io e il mio amico, che non è gridando Vieni e Godi e Prendi e Apriti che si dà piacere a una ragazza, come siamo riusciti a fare quella notte in spiaggia, eccome, e io poi ho nuotato per mezz'ora e li ho indovinati andare via, mano nella mano, dolce e silenziosa quella notte d'agosto.

Nulla sa il mio portiere di me e di mia cugina Linda, delle mie estati da diciassettenne annoiatissimo e di don Polenta che adesso non è più sacerdote e forse ancora pensa a mia madre che l'ha fatto spretare; nulla sa il mio portiere della solitudine di mia madre che lui ha soltanto visto trasferirsi da me all'improvviso; niente deve sapere perché questa è una città e non sono condivise le sventure e ognuno porta il peso del proprio destino e di quello soltanto.

Non aveva ragione mia nonna, né mia madre né i miei paesani tutti, ma beata nonna Evelina che l'ha creduto per tutta la vita, che fuori da quell'isola non c'era niente di più, che tutto il mondo è uguale, beati i miei compaesani con la loro certezza di avere tutto lì, in quel piccolo mondo in cui il mondo finisce, beati loro che davvero credono che quello che c'è fuori è tutto di troppo, beati loro che stanno bene a invecchiare nella piazzetta davanti al porto; io non ce l'avrei mai fatta, io sto bene qui.

Claudio si è perso. E un po' la sento come una colpa, anche se so che non lo è, perché nessuno ha colpa per le vite andate male, che le vite vanno così, né bene né male, tutte, le nostre e quelle dei nostri fratelli di sangue o di vita, anche quelle di chi si perde vanno così, senza logica e per destino, per stupidità o miopia, e nessuno può dirlo e nessuno ha titolo per farlo. Claudio è stato operaio al Nord, a Bergamo e a Treviso e poi a Londra per molti anni, ha iniziato come si fa sempre: lavapiatti e cameriere, poi aiutocuoco e chef e capocuoco, con il senso di responsabilità di chi prepara da mangiare agli inglesi innamorati di un'idea loro d'Italia e di grande cucina; si è lanciato nell'epica dei doppi turni, delle comande e degli straordinari, del lavoro dieci ore al giorno; è dimagrito fino a essere un fantasma nervoso, si è costruito la sua mappa della città: i locali in cui buttare i risparmi e le sale da poker, i posti brillanti da duecento sterline a sera e quelli in cui giocarsi una settimana di paga con gli spagnoli del biliardo.

Ci siamo visti abbastanza spesso, ogni volta che io ero in giro per lavoro o vacanza, ogni volta che lui aveva un fine settimana da passare in Italia con la fidanzata o il compagno di quel momento. Ha scoperto, Claudio, come ho fatto anch'io, che non si è mai checca o finocchio, o soltanto questo, che lontano dall'isola ci si può mettere la matita sugli occhi, che nelle notti londinesi le etichette non fanno presa, i confini sbiadiscono e scompaiono, che le indecisioni e le confusioni sono parte della vita e non una debolezza della mente.

Mio zio l'ho rivisto, anche se non mi è davvero parente, l'ho rivisto sui giornali, pochi anni fa, mentre entrava in tribunale, in manette. Non mi è parente lui, non lo era mia cugina, continuano a non esserlo, parenti per modo di dire, di terzo grado, come tutti si è parenti in paese.

L'ho visto sorridere mentre entrava in tribunale, la sua solita giacca perfetta, nera e firmata, i suoi baffi da furbo, arrestato per qualche imbroglio, politico da sempre, politico di potere; ricco forse non era, come sembrava allora a me senza dubbio, forse ricco non era, ma uomo con molti soldi da spendere, in quei giorni, non tutti suoi, capace di trovarne, di soldi, così ho saputo, così ho ricostruito, in anni lontani ormai da quelli in cui veniva nell'isola d'estate, qualche volta.

Si è salvato, e mia nonna direbbe che la gente cattiva si salva sempre, e mio zio cattivo forse non è, ma non ha mai pregato, e questo bastava alla madre di mia madre per farlo entrare nella categoria, ma a me non era antipatico, in quegli anni in poesia, con i suoi sfoghi terroni contro la noia dell'isolotto-scoglio, "Questo è uno scoglio", gridava, "Africani siete, pelandroni e scassapalle", e in fondo aveva ragione: uno scoglio davanti all'Africa, anche se fa restare a bocca aperta i miei amici romani, quando adesso, d'estate, li porto a vedere dove sono cresciuto, e non riescono a credere a tanta bellezza, e mi giurano che loro no, non riuscirebbero a vivere lontano da tanta magia.

Mi era simpatico senz'altro, quello zio d'estate, per com'era libera mia cugina e per come sudavano lui e lei sulla terra rossa del loro campo; un concerto, erano, quelle partite: tutte maledizioni e sbuffi e corsette appesantite e imbrogli sui punti e battutacce; a me non era antipatico, mio zio senza preghiere, sono contento che si sia salvato.

Di prete Polenta e delle volte che ci portava in viaggio di preghiera, di molti rosari recitati con mia nonna, inginocchiati in chiesa al primo banco, per la novena di Natale e la Quaresima e la Pasqua, di funerali di parenti e cresime d'amici, di infinite funzioni e processioni, di tutto questo, per molti anni, ho voluto sentirmi lontano, stanco, troppo stanco mi sono sentito per quel modo di pregare Dio, formule ripetute senza sentirne il senso, per quelle frasi che pure non dimenticherò mai; mai usciranno dalla mia testa le canzoni al Signore, quella specie di pop da sacrestia che memorizzavi senza accorgerti, che sarà sempre lì, tenacemente a occupare un angolo di memoria.

Per molti anni mi ha dato fastidio anche l'idea di entrare in una chiesa, ho evitato i battesimi dei figli degli amici, ai matrimoni andavo solo al ristorante, mai mi sono sentito in colpa.

Però come l'arrivo di aprile, come la campagna del nostro isolotto, come le focacce spesse della signora Enerina, come i bomboloni cremosi di Ninuccio, così il silenzio delle chiese e l'eco dei passi nelle navate, la voce di caverna dei preti e le parole del Vangelo, l'odore dell'incenso e i canti latini che riempiono le chiese, tutto questo ancora mi emoziona, mi sembra di averlo dentro da sempre e che sempre ci sarà, e un po' mi fa rabbia che quello che è successo tanto tempo fa mi debba ancora seguire e influenzare, che non ci si possa liberare, il catechismo e l'essere stato chierichetto, eppure così è, non posso farci nulla.

Si è salvato, mio zio politico del continente, dopo qualche mese di processi e scandali e rivelazioni dei suoi sottoposti e colleghi, e sicuramente di quegli spaccaballe e questuanti che accettavano i suoi inviti e ridevano con lui delle sue storie, e mangiavano con lui sfogliate e mozzarelle; dopo che tutti l'avevano accusato e abbandonato, e forse infamato e rinnegato, come sempre fanno i questuanti e gli spaccaballe, dopo qualche anno mio zio era di nuovo in campo, così ho visto, così mi hanno detto.

E di sicuro so che è partito per l'Oriente, con milioni di dollari da investire, lo so perché così hanno scritto i giornali, soldi d'imprenditori in cerca di mercati promettenti e di un uomo pronto a stare lontano da casa e bravo a fare affari, così hanno scritto i giornali; mio zio l'ho rivisto sorridente stringere la mano di un ministro taiwanese, in un servizio economico del telegiornale regionale, di questa regione dove vivo ora, la faccia da furbo come sempre, furbo coi milioni degli altri, pronto a tutto, allegro e brontolone, un po' più melanconico, forse, un po' provato, ma pronto a ricominciare, ancora e dopotutto, senza nessuno perché la moglie l'aveva abbandonato, così hanno scritto i giornali.

Dove fosse lei, mia zia, i giornalisti non hanno raccontato, io però l'ho scoperto, me l'ha detto un giorno una cugina di mia madre che ogni tanto va a trovarla: vive tutto l'anno nella villa con il campo da tennis e il loggiato vista mare, sola senza marito, è tornata lì a invecchiare, sola, la madre di Linda mia cugina, sorte uguale e inversa a quella mia madre, che passerà gli anni da vecchia qui con me in questa città che non è la sua, una ha lasciato la città per l'isola sua e l'altra ha percorso la strada inversa, una ha abbandonato il marito e l'altra è stata abbandonata, tutt'e due invecchieranno da sole.

Il Papa soltanto dà conforto a mia madre in questi giorni, il fatto di vivere nella città stessa del Santo Padre, la domenica l'accompagno a San Pietro, a prendere la benedizione da vicino, Urbi et Orbi, alla città mia e al mondo intero, e lei adesso la può ricevere da cento metri, la benedizione per una buona vita, e senz'altro gliela fa sentire più potente, questa vicinanza, e si rincuora a pensare che il capo della cristianità chiude gli occhi, ogni sera, dopo il rosario, così prossimo a lei che potrebbe andare a piedi a salutarlo, ad augurargli un sonno sereno.

Malissimo dorme mia madre nel nostro appartamento, grazie a Dio va d'accordo con mia moglie che pure sorride delle sue preghiere, laica convintissima ma sempre gentile con lei, grazie a Dio non passano troppo tempo assieme, prestissimo esce Sophie ogni mattina e lei, mia madre, può stare sola in casa e tenerla in ordine e preparare ricami per i miei figli e sciarpe e maglioni di lana, e cucinare per il nostro rientro, la sera, e questo so che la fa stare bene, sentire che non è un'ospite da noi, che ci è utile la sua presenza, che ci fa risparmiare l'aiuto di un'estranea da pagare; eppure dorme male, ogni sera, agitati i suoi sogni, sempre, e la mattina, quando esco per andare al lavoro, una o due ore dopo mia moglie, quando la saluto per uscire lei mi sorride stanca, ogni giorno di più, e io l'abbraccio forte, e non so cosa fare, come aiutarla.

Ho saputo che mio padre era morto un pomeriggio di settembre, avevo ventidue anni, me l'ha detto un marinaio del traghetto, stavo lasciando l'isola dopo le vacanze, avevo litigato con mia madre e mia nonna, non avevo voluto che mi accompagnassero al porto, non ricordo più il motivo di quel litigio, ma quando il marinaio mi ha detto quella frase che non dimenticherò mai, "Alla fine se n'è andato davvero, eh?", una frase senza pietà, senza compassione, una frase terribile per qualunque uomo, come se davvero fosse ora che morisse, che lasciasse il mondo in cui aveva fatto solo danni; quando il marinaio mi ha detto quelle parole ho capito il nervoso delle mie donne di casa, quel giorno: anche a loro doveva essere arrivata quella notizia, la morte del traditore, dell'adultero, della loro rovina.

Non ho pianto, non mi ha sconvolto quella notizia, ho chiesto di cosa fosse morto, tumore ai polmoni; e dove, e se l'avevano già sepolto, sì, tre giorni prima; e come lui, il marinaio, l'avesse saputo, l'aveva scoperto, per caso, un infermiere dell'ospedale in cui mio padre era morto, un infermiere del nostro paese, in servizio in un altro reparto dello stesso ospedale; l'aveva saputo da un collega, quando ormai era già morto, però, e l'aveva detto a mia madre e mia nonna, e al resto del paese, probabilmente.

Non ho pianto sul traghetto, e non sono stato sconvolto dalla notizia, soltanto mi ha preso una pena terribile per mia madre, sola senza di me di nuovo, e un terribile senso di colpa mi ha preso, per quel litigio stupido con lei e la nonna, litigio da ragazzini.

L'ho immaginata nella nostra casa, a pregare per quel morto che l'aveva distrutta, a pregare per il traditore di quella promessa, "Nella buona e nella cattiva sorte", a pregare per il suo sposo, a immaginarne sofferenze e ultimi giorni e morte, a invidiare la donna che gli aveva stretto la mano nell'ultimo istante.

Arrivato nella mia città, nel mio appartamento di studente, dopo un'altra nave e un altro treno, arrivato nel mio appartamento precario, nella mia camera di passaggio, in un momento mi ha colpito la notizia, come fosse diventata vera solo lì, di colpo e senza motivo: come una botta sul collo, come un vaso che cade da un balcone e ti prende sulla testa mentre passeggi ignaro, così mi ha preso la notizia; con tanto ritardo, "Finalmente se ne è andato davvero", e ho pianto, per molte ore, disperandomi.

Mia cugina era rossa di capelli, e quanti scherzi e quante domande oscene ha fatto nascere in quegli anni quel colore, "Chissà come sono le rosse da altre parti, chissà com'è Linda a letto, porca o porchissima, oppure non lo prende, o magari le piacciono le donne, le rosse come lei, ci pensi?"; tutto un trionfo di immagini possibili, di sogni ingarbugliati, di posizioni e colori, come nei fumetti e nelle foto proibite.

Domande e risate ripetute sempre, senza mai stancarsi; questo soprattutto è incredibile a ripensarli, quegli anni da ragazzini: il nostro non annoiarci mai a parlare di cosce e culi, a ipotizzare sempre gli stessi amplessi. "Tu cosa le faresti?" chiedeva qualcuno, e gli altri partivano con le loro preferenze, che erano le stesse ogni volta e dette con le stesse parole: la sfondo la inculo la apro la faccio ingoiare. Eppure sempre ci divertivano e appassionavano, sempre ci sembrava di trovare qualcosa di nuovo e unico in quelle fantasie condivise; nessuno ha mai fatto niente con mia cugina, nessuno l'ha fatta ingoiare né prendere né succhiare né leccare, nessuno l'ha mai aperta o rotta o sfondata, nessuno di noi nei pomeriggi e nelle notti di allora.

Ho incontrato mio padre sei mesi dopo che il marinaio del traghetto mi aveva detto che era morto, sei mesi dopo la disperazione mia, solitaria e totale, nella camera di passaggio del mio appartamento di studente.

Mio padre non era morto, quel marinaio aveva raccolto una voce da un infermiere che aveva raccolto una voce e così via.

Mio padre era stato ricoverato in ospedale, in effetti, e aveva un tumore, inguaribile, così mi ha detto subito al telefono, chissà chi gli aveva dato il numero, mai l'ho saputo, a chi l'aveva chiesto; mio padre aveva un tumore ma non era morto, non ancora.

L'ho incontrato in un bar del centro, in una delle strade dei turisti dell'acquisto, una di quelle dove non vado mai, un bar scelto perché c'era una sala in cui si poteva fumare, così ho capito dopo; era magrissimo, tutto rughe e occhiaie, infossato in un completo grigio, una cravatta troppo stretta sulla camicia bianca, "Cosa vuoi?", gli ho chiesto subito mentre mi sedevo al suo tavolino, senza trovare altra frase, altro modo per iniziare un discorso che sapevo in ritardo, completamente fuori tempo, un discorso dopo il pianto per la sua morte, un incontro con un morto dato per sepolto, e invece ancora vivo, ancora per un po'.

"Non sai niente di me", mi ha detto lui, "E io niente di te, e non è stato facile chiamarti e mi fa male, mi ha sempre fatto male, e non ti avrei mai cercato, se non fossi come sono adesso, così, come mi vedi, morto".

Così è iniziato quello strano incontro, e non era nemmeno che lo odiassi: semplicemente era un estraneo, quell'uomo che mi stava davanti, e un estraneo lo puoi odiare solo per i pensieri che hai fatto su di lui, ma lui non era quello a cui avevo pensato tante volte, negli anni dopo l'abbandono; lui era qualcosa di lontano e ignoto; lui non era quello che adesso mi stava davanti e non era lui che avevo odiato; così stavo pensando, e mentre lo guardavo e stavo zitto si è acceso una sigaretta forte, con un accendino d'argento, un accendino che poi mi ha voluto regalare, prima che ci salutassimo, che mi ha voluto regalare a tutti i costi, mentre io non volevo, con tutte le mie forze non volevo, maledetta mi sembrava quella cosa, quell'affare, ricordo di un morto che ti sta parlando troppo tardi, quando già l'hai pianto e interrato, maledetto oggetto ricordo di un fantasma, me lo ha voluto dare a tutti i costi, e io l'ho lasciato a un angolo di strada, nel cappello di un questuante, nel suo cappello unto, "Vendilo", ho detto a quel vagabondo, "Non tenerlo, vendilo", chissà se mi ha ascoltato.

Mia cugina l'ho incontrata in un cinema al Pigneto, una sera da studente senza soldi, "Non posso crederci", "Non è possibile", "Sei proprio tu", venticinque anni, aveva, appena arrivata da Berlino, un inizio di carriera come attrice, già annoiata del ritorno, "Tra qualche mese me ne vado, ma lontano", mi ha detto, "Cerco un uomo che m'accompagni e vado in Sudamerica, per sempre", così mi ha detto, e io non sapevo se fosse uno scherzo o un programma per la vita.

I nostri visi ci dicevano d'infanzia, a me, il suo, di sogni umidi e colpevoli; a lei ricordavo primavere al sole quando il padre e la madre erano una coppia felice, prima dell'arresto e dell'Oriente; i nostri visi erano un riassunto dell'adolescenza. Ho scoperto lì, quella sera, mentre mangiavamo un panino pakistano, che la nostra parentela era stata inventata o meglio ingrandita senza senso, chissà perché, cugini di terzo o quarto grado, "Ma quali cugini?", mi ha detto Linda quella sera, "Erano tutti cugini, a sentire mia madre, era la sua idea di paese: tutti parenti, tutta gente che le voleva bene".

Quella sera abbiamo festeggiato la ritrovata estraneità di sangue, ci siamo commossi per cose da nulla, ricordi da poco, di passeggiate e feste in spiaggia; quella sera le ho raccontato di tutte le mie gelosie per lei, per le volte che l'avevo scoperta baciare qualcuno del paese, nelle notti in spiaggia di fuochi e chitarre; quella sera l'ho ritrovata e mi è piaciuta ancora, bella come non l'avevo mai vista, rossa, intelligente, divertente.

L'ho ritrovata e mi è piaciuta di nuovo e questa volta sì, siamo andati a letto insieme, e abbiamo fatto tutte le cose delle nostre infinite e noiose fantasie di dodicenni, e mentre le facevamo pensavo alla gelatina nei capelli corti e alle camicie con le scritte americane e ai pantaloni stretti e agli anfibi con la punta di metallo; e mentre Linda mi stringeva la schiena con le mani e mi spingeva più in fondo dentro di lei, mentre uscivo dal suo corpo per tornare con il viso in mezzo alle sue gambe, mentre sentivo il suo sapore e lei mi teneva le mani sulla testa, nella posizione esatta in cui avevo visto una volta la tedesca di Stoccarda, in quel momento ho ripensato a mio zio, e mi sono chiesto cosa avrebbe detto se ci avesse visto così, non ho potuto scacciare questo pensiero: quale insulto colorato avrebbe tirato fuori, per me, chinato sul sesso di sua figlia?, ho pensato a mio zio a Taiwan e mi sono chiesto che faccia avesse, mio zio, in quel momento, e come riuscisse mai a parlare con loro, con gli orientali che non sanno nemmeno dov'è Capri, e che cos'è una sfogliatella.

Giacche nuove e camicie firmate esibiva sempre Claudio ai nostri incontri, le nostre vite sono andate in senso opposto, credo, io cercavo un modo mio di crescere e di essere, stavo bene con due soldi, con le mie letture e i miei amici malvestiti e barbuti, le loro pose da critici convinti, da intellettuali squattrinati, io crescevo in cene con pasta e tonno e spaghetti al burro, sconclusionate lunghissime discussioni di politica e poesia, cinema al pomeriggio e vino da due soldi, felice di incontrare i miei amici, a fine sera, sempre gli stessi, seduti sul divano a inventare viaggi ma senza troppa voglia di andare via davvero, felici di quella città che ci aveva accolto e facilmente; così ho compiuto la mia fuga, diciamo, il mio distacco dall'isola, definitiva e felice; e quando poi ho avuto bisogno di una casa, di un amore sereno e stabile, quando ho sentito forte il bisogno di una vita così, di figli da fare addormentare, la sera, con una fiaba inventata e ripetuta sempre uguale, mai ho pensato di non poterlo fare qui, nella città che è diventata mia come era un tempo quella terra di mare e tonni.

In quegli anni miei di università e grandi discorsi, Claudio cercava invece macchine sportive e camicie di stilisti, e correva al doppio del mio ritmo, come sempre, e sembrava non arrivare da nessuna parte, agitato senza pace.

Del mio amico a un certo punto mi arrivavano voci, io allergico a quello che la gente dice, per avere provato quant'è bastarda e assurda la gente quando parla; di Claudio mi dicevano che guadagnava e spendeva come un avvocato di successo, che era diventato un cuoco ricercato, un maestro dei fornelli, che giocava a carte e vinceva, che scommetteva sulle corse e perdeva, che aveva comprato una casa a Londra e che se l'era poi giocata a poker e perduta in una notte.

Di certo so che una volta il mio amico si è innamorato di un'argentina che gli ho presentato io, una silenziosa sensuale donna argentina; il mio amico Claudio ha vissuto di corsa, difficili i suoi amori e sempre più diversi io e lui, le nostre vite; "Io non faccio sconti alla vita", mi ha detto Claudio in certe nottate lunghe davanti al suo whisky e alle mie birre, "Io non faccio sconti perché la vita non ne fa mai", e l'ha detto sempre con l'aria da duro perfetto e ci credeva; ha vissuto con l'argentina in Costa Azzurra, e credo sia stato bello, riusciva a suonare la chitarra nei locali, la sera, con un gruppo tirato su in pochi giorni, e a fare il cuoco al turno di giorno, e a stare con lei e a portarla in gita e a farla divertire.

Claudio ha sempre fumato, dai dodici anni nostri, e sempre trovato il fumo migliore, dovunque fosse, e sempre venduto un po' del suo fumo migliore; Claudio ha preso altre droghe, molte, non lo so cos'è successo in Costa Azzurra.

Maria Rosario, si chiamava l'argentina, l'avevo conosciuta io, in una libreria spagnola in piazza Navona, eravamo lì per comprare lo stesso libro, ce ne siamo accorti alla cassa, abbiamo riso della coincidenza, ci siamo messi a parlare, l'ho invitata a cena, a casa mia, e quella sera anche Claudio era nella mia città, e si sono conosciuti e piaciuti, e ritrovati poi a Londra, quando lei è andata lì per i suoi studi.

E dopo qualche mese una volta mi ha chiamato, Maria Rosario, nel cuore della notte, mi ha detto "Ci vogliono ammazzare", e non ho capito chi, non ho capito cosa aveva in corpo, esaltata e rotta la sua voce, "Ci ammazzeranno", mi ha detto, "Maledetto tu e maledetto il tuo amico, malditos", mi ha detto, "Muy malditos, ci ammazzeranno", poi ha chiuso e io non avevo numeri da richiamare, non conoscevo i loro indirizzi o numeri di telefono, nemmeno sapevo bene in quale città si trovassero.

E tre mesi dopo di nuovo in mezzo al sonno mi ha svegliato uno squillo, e questa volta era Claudio e mi ha detto solo "Vieni a prendermi", e mi ha detto il nome di una città maghrebina e lì sono andato, il giorno dopo, come in un film che avevamo visto assieme quando ancora vivevamo nell'isola, la stessa scena di un film che avevamo amato molto, che ci aveva detto in anticipo che saremmo scappati senz'altro, e che non sarebbe stato difficile ma nemmeno senza rischi, che ogni libertà ne ha, e tanti.

Sono salito in aereo e arrivato in quel Paese e ho noleggiato un'auto e ho guidato fino a un carcere che faceva paura, e il mio amico mi aspettava fuori dal portone, sporco e distrutto e pesto, "Non chiedermi niente, perché non ti dirò mai niente, mai", e io non ho detto nulla, l'ho riportato in Italia e siamo stati in un silenzio perfetto, per tutto quel viaggio, e non ho saputo mai cosa faceva lì, né dov'è finita la sua argentina, Maria Rosario si chiamava.

Cammina perduta per le stanze piccole di questa casa, mia madre, e guarda il sole che tramonta dietro la chiesa del Seicento e ascolta le campane suonare a mezza sera e va a messa tutti i giorni, al pomeriggio, e la mattina fa la spesa nel mercato del quartiere e prepara il pranzo per sé sola, mai rientriamo per pranzo io e mia moglie, e i bambini stanno a scuola fino a tardo pomeriggio; cammina perduta per questa casa che non è la sua, mia madre, prega per l'anima di sua madre Evelina che l'ha lasciata e consegnata a questo destino da esule, e io so quanto le fa male la lontananza, il suo mondo finito, questa vita nuova da cittadina che non è mai stata; viviamo al quarto piano, io e la mia famiglia, e lei piuttosto che in un appartamento di città avrebbe preferito fare la caprara, mi guarda e mi vorrebbe dire "Portami a casa mia", ma non lo dice.

E io la guardo e mi giuro che l'accompagnerò spesso, nella sua isola per qualche giorno, ogni volta che posso, che non la tratterò mai come una vecchia da sopportare e i suoi desideri come capricci; io la guardo e mi giuro che un giorno glielo dirò, che ho incontrato mio padre e non ho trovato la forza di chiedergli niente, come ha fatto invece lei cento volte nelle lettere non spedite che io ho letto di nascosto; cammina perduta per questa città di pellegrini e suore, mia madre sola nella vita, io le resto, io e i miei figli e una nuora francese che le vuole bene, e le preghiere e la messa al pomeriggio, chissà cosa avrebbe saputo darle il nostro prete ora spretato; io la guardo e sento che la amo come so che non potrà mai essere per nessun'altra donna mai; e questa cosa che forse è la più naturale del mondo e scontata, questa cosa l'ho capita da poco tempo soltanto: troppo mi sono impegnato da ragazzo per non pensare a lei, a mia nonna e alle loro proteste per la mia lontananza, troppo sono stato arrabbiato con lei per la sua mancanza di reazione alla fuga di quel maledetto, del suo amato traditore; troppo ho cercato di liberarmi della sua pesantezza non pensando a lei, non preoccupandomi dei suoi giudizi e dei suoi pensieri; troppo poco ho parlato con mia madre, per lunghi anni, perché davvero riuscissi a capire questa cosa che adesso mi è così chiara: che la amo come non amerò mai nessun'altra donna, mia grande amica, madre mia piccola e sola.

Ci sono domande facili che non riesci proprio a fare, o le fai nel momento sbagliato, troppo presto o troppo tardi, "Perché mi hai lasciato?", chiede l'uomo innamorato alla sua donna che è appena andata via; domanda stupida, mai si può riassumere in una frase tutto quello che non ha funzionato, e quell'uomo piangerà la sera ripensando a quanto è sembrato debole, chiedendo quel che non si può chiedere e non si deve; "Perché ci siamo fatti così male?", chiede la donna tradita e traditrice all'uomo che è stato un amore grande, tanto tempo prima, e nemmeno questo si può chiedere perché non si possono fare i conti per davvero, dei torti e delle ferite, sono conti che non si chiudono mai, nemmeno dopo decenni di domande fatte a se stessi, di sincerità cercata almeno con la propria coscienza; "Perché l'hai fatto?", ho chiesto a mio padre in quel tavolino di bar, chiedendomi mentre lo chiedevo come trovavo la forza per quelle parole, la logica per quella domanda che era di tutta la mia adolescenza, "Perché non potevo stare con lei", mi ha risposto lui, credo con tutta la sincerità che si trova in certi momenti, negli ultimi soprattutto, quando mentire si può ancora ma se ne vede meglio la meschinità.

Credo che volesse ancora difendersi, mio padre, e che potesse mentire per questo, ma che ancora più forte fosse in lui la paura di essere di nuovo meschino, con me che non avevo avuto nulla da lui, se non sofferenze di riflesso, per il dolore che aveva dato all'abbandonata, alla tradita; l'aveva fatto, così mi disse, perché lei aveva un amore troppo diverso dal suo, "Un amore di testa e di cuore", ha usato queste parole e le ricorderò sempre, non le potrò scordare; ed era invece il suo amore, quello di mio padre, era anche col corpo, molto col corpo: l'aveva fatto perché gli piacevano le donne, gli erano sempre piaciute, se non tutte, molte, "Mi piace la conquista", così disse, e prima ancora gli piaceva l'incontro, la curiosità: scherzare con loro, e cercare di indovinare il loro divertimento per le sue parole, e il momento in cui provi a baciarle, e non sai se vorranno, e la prima volta che senti l'odore dei capelli, di una donna, e il calore delle sue mani e delle sue labbra, e gli piaceva mia madre, così mi disse, gli era molto piaciuta, moltissimo, "E non posso dire che lei non mi bastava", non poteva dirlo, sarebbe stato un pensiero stupido, sarebbe potuto restare con lei, avrebbe potuto farlo, "Soltanto che non l'ho fatto, non l'ho fatto e non so dirti perché, figlio mio, non ci riesco, e forse non lo so, non lo saprò mai", mi disse che non erano molte, le donne che aveva amato nella sua vita ma più di una sì, una sola non poteva essere, mi disse che alcune di quelle donne le aveva amate mentre ancora amava mia madre, sua moglie, l'abbandonata, la tradita, mentre ancora portava il pensiero di lei lasciata, "Cos'altro ti posso dire, figlio mio?, niente, niente altro trovo da dirti, niente".

Claudio è tornato nell'isolotto, ogni mattina va a correre in spiaggia e qualche volta va a pesca in barca; non parliamo molto, io e Claudio, è tornato nello scoglio suo e un tempo nostro e ha aperto una trattoria piccola e pulita e mi dice che è tranquillo, che è meglio che sia così, che stia lì dove tutto gli è facile e conosciuto; e ogni tanto va nella città dove mio padre portava me e mia madre a fare acquisti e salutare i parenti; ogni tanto va in città e compra del fumo, credo, e cucina per i suoi clienti tutte le sere e dicono sia bravo ed è un po' ingrassato e forse ha una donna che lo ama; Claudio è mio fratello, insieme siamo cresciuti e sempre saremo fratelli, "Vivi leggero, Claudio", vorrei dirgli al telefono quando mi chiama, non gli dico niente, "Ti voglio bene", vorrei dirgli, non sono cose che si dicono.

Non so cosa succeda a chi ha davanti a sé il proprio padre sempre, giorno dopo giorno, e sempre può fare i conti con lui, con la sua immagine e il suo ruolo, con il suo esempio buono o cattivo, non so cosa vuole dire rendersi conto di quanto tuo padre ti abbia o ti stia influenzando, vedere in te, piano piano, qualcosa di lui che non ti piaceva o che non avevi mai notato, finché qualcuno ti dice "Parli come tuo padre", o "Ti muovi come lui", oppure, peggio, "Pensi come lui", e magari tu eri sicuro di avere idee opposte alle sue e ti eri impegnato a coltivare queste differenze.

Non lo so, a me non è toccato; una volta sola, quella volta, ho potuto pesare i suoi modi, le sue opinioni, e fare uno sforzo grande per tirare fuori ricordi lontani, che forse avevo sempre tenuto vicino, anche se non volevo. Forse le immagini di lui che fa ridere la mia insegnante di italiano all'ora dei colloqui, o la turista che gli ha chiesto un'informazione o la commessa del supermercato in città, forse queste scene le avevo sempre avute presenti, anche se credevo di averle dimenticate.

Quando si è alzato dal tavolino, in quel bar del centro dove io non vado mai, quando si è alzato e ha chiesto un'altra spremuta alla ragazza al banco, ed è riuscito a farla ridere con due parole, e le ha chiesto come si chiamava e si sono messi a parlare del caldo e dei turisti, tutte quelle parole e quelle immagini si sono stampate come fotografie, ogni suo movimento, ogni sua espressione, ogni movimento e ogni espressione di quella ragazza, e le ho trovate mie, e mi sono dovuto chiedere come fosse possibile, e se in qualche modo poteva essere che io assomigliassi a quell'uomo, un uomo che pure non avevo mai conosciuto veramente, e che avevo già dato per morto, e se avrei portato con me qualche traccia di lui: del suo modo di muovere le mani o di tenerle in tasca, di sorridere alle donne e di trovarle belle e desiderabili, di farle arrossire e di amarle e di farle soffrire.

Mi è capitato di tradire le donne che amavo, e di essere tradito, anche quella che amo adesso e da cui ho avuto dei figli, l'ho tradita con una collega in un viaggio di lavoro, in una stanza d'albergo in cui avrei dovuto essere solo e annoiato, la mia donna lontana e in attesa del mio ritorno; l'ho tradita, e non solo lei, e ogni volta ho sentito la colpa e non ho potuto cambiare e smettere.

Ho fatto ridere le bariste di molti bar e le mie colleghe e le estranee madri di una piazza dove giocano i miei figli; non ho detto a mio padre dei miei tradimenti e dei miei sensi di colpa e non gli ho chiesto dei suoi, se c'erano stati, e non gli ho chiesto quanto grandi e terribili erano stati, "Papà", ho avuto la forza di dirgli, mentre tornava al tavolino con la spremuta, fantasma ossificato di un passato che non c'era stato, di un padre che non avevo avuto, "Papà", e non ho detto altro, e lui ha sorriso, un momento, poi ha iniziato a piangere senza dire nulla, tenendomi una mano, tremando, e anche io ho pianto, non ci siamo abbracciati, non gli ho detto "È tutto a posto, ti capisco e ti perdono", non sono stato capace, non ci siamo detti altro, mi ha regalato il suo accendino anche se io non volevo e siamo usciti dal bar e andati via, per strade diverse, ed era d'aprile quel pomeriggio, un mese terribile.

Islington

"Ehi", disse lui, "Ehi", disse lei, "Quanto tempo", dissero insieme, si abbracciarono e si baciarono sulle guance, ripeterono un paio di volte che era una bellissima sorpresa, e che era passato davvero tanto tempo.

La donna presentò l'uomo che era con lei: alto, asciutto, elegante, "Robert, mio marito", disse, e poi guardò negli occhi il suo vecchio amico e disse "Lui è Tom", ma subito si corresse "Voglio dire, lui è Tom Rosenthal, il miglior coreografo d'Inghilterra e la prima persona che ho conosciuto in questa città".

"Piacere di conoscerti", dissero i due uomini nello stesso momento, e si strinsero la mano. Poi Tom, il coreografo, presentò il ragazzo che lo accompagnava, "Elias" disse, "La più grande promessa della danza del Regno Unito. Anche lui è italiano", disse, sorridendo alla sua vecchia amica.

Ci furono altre strette di mano, poi il giovane ballerino e il marito della donna si allontanarono, uno al bar, a prendere un drink, l'altro verso l'ingresso, a parlare al telefonino.

Rimasero soli, la donna e il suo vecchio amico, la donna e il coreografo famoso, appena ritrovati dopo tanto tempo, si sorrisero fissandosi negli occhi, cercando qualcosa da dire che non riuscivano a trovare.

Era la prima di uno spettacolo importante, c'erano fotografi e giornalisti, gente dello spettacolo e della musica e del cinema e qualche politico, il nuovo lavoro di una regista tedesca molto amata in quella città, dal pubblico e dalla stampa.

"Sei bellissima", disse Tom, "Sono così contento, davvero, non sapevo fossi ancora qui, pensavo fossi tornata, non so, nel tuo Paese".

"Stavo per farlo", disse lei, "Invece, be', mi sono sposata".

"Un anno fa", aggiunse.

"Ti sei fatta incastrare", disse lui, ridendo, "Complimenti".

"È un giornalista", disse la donna, e guardò per un attimo il marito, dieci anni più grande di lei, un bel cappotto marrone, scarpe fatte a mano e su misura, viso affilato e furbo, rossi i suoi capelli corti.

"Lo conosco", disse Tom, "Leggo la sua rubrica, ogni tanto".

"Sono, be'…", la donna abbassò la voce, arrossì appena, "Sono anche incinta", disse, "Soltanto al secondo mese, però, non dirlo in giro", e sorrise ancora di più, il rossore già sparito, sembrò completamente felice.

"Oddio", disse l'uomo, "Oddio", la abbracciò forte, per qualche secondo, e anche lei strinse il corpo di lui, si abbracciarono molto forte, lì davanti a tutti, nel mezzo di quella grande sala, in Rosebery Avenue, nel quartiere dove avevano vissuto assieme, tanti anni prima, e quando smisero di abbracciarsi continuarono a fissarsi negli occhi, e a sorridersi.

"E fai ancora la fotografa?", le chiese Tom, risistemandosi la camicia, la giacca.

"No", rispose lei, "Cioè, lo faccio, sì, per conto mio. Come si dice: per passione".

"Lavoro in uno studio di avvocati, alla City, un maledetto lavoro qualunque, come avremmo detto un tempo".

"E tu?, leggo di te, ogni tanto, sei sempre in forma, sei il migliore".

"No", disse l'uomo, "Non sono il migliore, ma riesco ancora a farlo credere".

"E il ragazzo?", la donna indicò il bar, la fila di persone che aspettavano da bere, "Il mio connazionale: cos'è, lavoro, o amore?".

L'uomo non rispose, scosse le spalle come a dire "Chissenefrega, cosa vuoi che conti?".

"Sono così contento di averti incontrato", disse, "Saranno cinque anni che non ci vediamo, e l'ultima volta non ci siamo nemmeno salutati".

"Sinceramente", disse, "Io non lo avevo capito, quella volta, che era un addio".

"Nemmeno io", disse la donna, e pensò di dire che succede, che capita così spesso, di lasciare un posto o una persona per un paio di giorni, per capire, per chiarirsi le idee, e di non tornare più, di costruire qualcos'altro da qualche altra parte, però non lo disse. Pensò che lui lo sapeva già, di sicuro sapeva benissimo che era così, e non disse niente.

"Devi assolutamente darmi il tuo numero", disse Tom, "Dobbiamo andare a cena insieme, vederci, insomma: cinque anni".

"Aspetta", disse lei aprendo la borsetta, prese un portadocumenti, un bigliettino color crema, "Tieni", disse, "Questo è il mio, scrivimi il tuo, qui", gli porse una penna e un'agendina, l'uomo scrisse il suo nome e il suo numero, mentre rimetteva tutto nella borsetta la donna vide che suo marito aveva chiuso la conversazione, infilato il telefonino nella tasca del cappotto, tornava verso di loro, sorridente.

"Chiamami, vediamoci", disse, e si sollevò sulla punta delle scarpe e gli diede un piccolo bacio sotto l'orecchio, "Vediamoci stasera", disse, sottovoce, "Se ti va, dopo lo spettacolo, tardi, quando vuoi", disse, poi si girò, strinse il braccio del marito trascinandolo verso il pubblico in fila.

L'uomo restò lì a osservarli, in piedi e da solo, con un biglietto da visita in mano e gli occhi socchiusi, "Elena", si disse a mezza voce, "E-le-na", si sforzò perché la pronuncia fosse quella italiana, come era il nome e come era la ragazza, non gli riuscì molto bene.

Avevano vissuto assieme per sedici mesi, amandosi e odiandosi furiosamente, e lui le aveva fatto da guida nella sua città e le aveva fatto conoscere il suo mondo di ballerini, musicisti, artisti visivi, produttori, mecenati e ciarlatani.

Poi, dopo che si erano lasciati, una sera, in un pub, non lontano da quel teatro, dopo quella sera, dopo quel litigio, di colpo non avevano più voluto sapere nulla l'uno dell'altra, non si erano chiamati, cercati, nulla, proprio nulla.

L'uomo continuò a guardare le loro schiene nella speranza che lei si girasse un momento a cercare i suoi occhi, ma non lo fece, "Elena", disse di nuovo, e andò a cercare Elias, che lo aspettava al bancone del bar.

"Chi era?", gli chiese, subito, mezzo sorridente, un bicchiere di vino in mano.

"Un'amica di qualche tempo fa", rispose Tom, "Una cara amica che ora si è sposata".

"Il marito assomiglia al giornalista di una rivista assurda", disse il ballerino, poi si zittì, cercò il nome nella testa, "Una di quelle orribili riviste piene di pettegolezzi e stronzate così, come si chiama?".

"Andiamo", disse Tom, Elias finì il vino in due sorsi, si allontanarono dal bar, diedero i biglietti alla maschera, si fecero strada verso i loro posti.

Quando prese in mano il suo telefono per spegnerlo l'uomo vide che aveva un messaggio, cui rispose subito, con un orario e un indirizzo e un bacio finale, "Elena", ripeté, a voce bassissima.

"Be', insomma, ero stufa di farmi mantenere", disse la donna, e dicendolo sorrise di nuovo, e l'uomo fu incantato dal sorriso, dai ricordi che quel sorriso portava.

"Non ti sei mai fatta mantenere, non essere stupida".

"Tu mi mantenevi".

"Non è vero, pagavo l'affitto e facevo la spesa, tutto qui, ma era normale, eri così giovane. Sei ancora così giovane, Dio mio, e presto avrai un bambino".

La donna si portò una mano alla pancia, come se quelle parole le avessero fatto sentire la necessità di una conferma, "Sei ancora lì?", sembrò chiedere al futuro bambino con quella carezza.

Erano sdraiati su un materasso giapponese, su un soppalco di legno chiaro, intorno a loro c'erano una lampada, uno stereo, dell'uva, vino e sigarette.

Tom guardò l'ombelico della donna, le sue gambe, i suoi piedi, per qualche minuto non dissero nulla, ascoltarono i propri respiri e il traffico della città, nello stereo il pianoforte di un jazzista francese e le sue atmosfere da giostra notturna.

"Senti", disse l'uomo, a un certo punto, "Lo sai come sono fatto, non riesco a non essere sincero, insomma, tuo marito...".

Elena lo interruppe, "Lo so che scrive stronzate", disse, "Scrive cattiverie, bugie, stronzate, scrive male, scrive malissimo, niente di quello che scrive è vero, ricicla opinioni di altri, è uno spacciatore di luoghi comuni, eccetera eccetera eccetera", disse queste parole come una filastrocca, come fosse la centesima volta che ripeteva quel monologo, "Voglio dire, so che è così e so che si dice questo di lui, so che è antipatico quasi a tutti, molto antipatico".

"Però a me no", disse, e sorrise, "Mi fa divertire, insomma, ci divertiamo, io e lui, assieme, e voleva avere un bambino da me, e anch'io volevo avere un bambino".

"Da lui?", disse l'uomo, pentendosi subito della domanda.

"E tu", disse Elena senza rispondere, "Tu come sei messo, attualmente?, voglio dire, sei fidanzato, confuso, innamorato o cosa?".

"Frocio", disse Tom, "Sono felicemente frocio", disse, "Finocchio", disse in italiano, lei sorrise per la sua pronuncia, "Assolutamente gay".

"Dopo che tu sei andata via sono stato convinto bisessuale, poi dubbioso bisessuale, poi fiero eterosessuale per tre settimane, con una modella cilena splendida e stupidissima, perfettamente stupida, splendidamente stupida. Poi sono stato gay e basta, gay tutto il giorno, gay a tempo pieno, basta con gli imbrogli, basta con i dubbi, Dio conservi *los maricones*", disse, e prese il suo bicchiere e fece un brindisi in aria, da solo.

"Ma il tipo che era a teatro, l'italiano bellissimo, insomma, lavora per te o avete una storia?".

"È nella compagnia e stiamo assieme", rispose Tom, "Tutt'e due le cose".

"È giovane, bello e non è stupido, ha un sacco di problemi con il padre, credo, vuole fare carriera e forse è convinto che così ne farà di più, o più in fretta".

"Che tristezza".

"La cosa peggiore è che non ne farà. Non per questo, almeno, non hai idea di quanto poco lo possa e lo voglia aiutare per il fatto che viene a letto con me, non hai idea di quanto sia allergico a queste cose. Insomma, io sono stato chiaro, sin dall'inizio, ma non serve a niente, sai: lui giura che è innamorato e io fingo di crederci, ogni tanto riesco persino a crederci davvero, come tu riesci a credere di amare tuo marito, immagino", finì la frase e spiò il viso della donna, che aveva gli occhi chiusi e non fece nessuna smorfia, non li riaprì e non disse niente per un po', tornarono ad ascoltare il traffico e le note jazz.

"È bello qui", disse, poi, sempre con gli occhi chiusi, "Ce l'hai in affitto?".

Era una grande stanza con degli specchi alti, molti libri, foto incorniciate degli spettacoli dell'uomo, qualche attrezzo da palestra, il soppalco col parquet su cui stavano loro: il materasso, la lampada bassa e lo stereo.

"L'ho comprato", disse il coreografo, "Per venirci a stare da solo, ogni tanto, a pensare, a scrivere, così, senza che nessuno mi disturbi".

"Era una libreria", disse, "L'ultimo libraio indipendente del quartiere, non so se te lo ricordi. Io ci venivo sempre, a scegliere i miei libri fotografici, a chiacchierare col libraio. Era una bella libreria indipendente, l'ultima di tutta la zona, e adesso è chiusa".

"Il quartiere è cambiato, sai?, da quando stavi con me. È diventato ancora più alla moda, terribilmente alla moda. Sembra che ci vivano solo stilisti, editori e musicisti. Tutti giovani e colti. Non so dove siano i poveri, dove li abbiano messi. Sono sicuro che ci sono, perché li vedo al supermercato: le madri adolescenti, le immigrate africane, le casalinghe alcolizzate. Ci sono, i poveri, però non so dove li abbiano messi a vivere. Un po' più a nord, immagino. Questo nord è troppo vicino al centro, per i poveri. Tutta la città è cambiata, continua a cambiare velocemente, sempre di più, così mi sembra. Tutto diventa moda, o scompare, in questa città".

"È vero che non lo amo", disse Elena, interrompendolo, o forse non aveva ascoltato le sue parole, impegnata a seguire un ragionamento che in qualche modo l'aveva portata a quella frase.

"O che non lo amo in modo, insomma, appassionato e ardente eccetera. Però sto bene con lui, mi diverto, lui si diverte sempre, e mi fa stare bene".

"Lui è, come dire, abbastanza cretino da essere incredibilmente ottimista, sempre, su tutto. Fa un lavoro schifoso ma gli piace, è convinto di essere bravo, anche, almeno mi sembra che sia convinto di esserlo, insomma, si comporta come se lo fosse. E ad ogni modo non m'interessa, tutto questo, è che io sono così triste, voglio dire, non proprio triste, malinconica, non so, di natura, non so come dire, mi hai capito, no?".

"E invece lui mi tiene in pace, diciamo così, mi fa sentire in pace, e gli voglio bene, e soprattutto volevo un figlio, lo volevo da tantissimo tempo, e in fondo non mi dispiace che sia anche suo".

"Ti capisco", disse l'uomo, e annuì con la testa, "I figli sono la maledizione del mondo, non tanto i figli, il desiderio di figli, il bisogno di figli, il piacere di sognare dei figli, di progettarli, di idealizzarli, insomma, la maledizione e la benedizione, quello che ci fa andare avanti, l'illusione perpetua, di una vita che continua e ci fa immortali ancora per qualche anno".

"Insomma, Cristo, capita persino a me, sai? Mi metto a pensare a come sarebbe litigare con mio figlio, vietargli le azioni che so che compirà lo stesso, suggerirgli libri che so che non leggerà. Mi vengono i pensieri più banali del mondo, è più forte di me, dei miei anticorpi alla normalità da intellettuale degli anni settanta: penso che ho un appartamento bellissimo e una macchina decappottabile e questo studio, che non avrei mai sperato di possedere tante cose e di poter fare tante cose, e che sarà tutto buttato via, come i miei lavori, quando non sarò più qui a combattere per me e per loro e nessuno lo farà al mio posto, tutto volato via, tutto scomparso per sempre".

"No", disse la donna, "Tu sei un artista, quello che hai fatto resterà, continueranno a mettere in scena i tuoi spettacoli, voglio dire, non è lo stesso", cercò di nuovo il vino, questa volta lo versò nei bicchieri, uno per lei e uno per lui.

Poi prese una sigaretta e la spezzò, prese il tabacco e lo mischiò alla marijuana, "Puoi ancora fumare?" chiese l'uomo, "Voglio dire, per il bambino", "Non lo so", disse lei,

"Credo di no, ma questa è una sera speciale, giusto?, sto tradendo mio marito senza nemmeno fare sesso, senza fare niente di male, in pratica".

"È geloso?", le chiese Tom, "Siete gelosi?".

"Io no", disse lei, "Credo di no, insomma, non si può dire così, dipende, ma di sicuro lo dovrò sentire brontolare per un paio di giorni. Sarà arrabbiato, più che geloso, e nemmeno l'avrò tradito davvero, ma lui non ci crederà, che ho solo chiacchierato e ascoltato jazz nello studio di un vecchio amico. Insomma, lasciamo perdere, l'importante adesso è festeggiare, brindare e festeggiare".

Accese e fumò, poi passò all'uomo che si tirò su, le spalle contro il muro, la grossa pancia scoperta, le gambe incrociate in una posa da meditazione, fumò e socchiuse gli occhi, Elena gli diede un bacio sull'ombelico, poi uno sul collo, uno sulla bocca.

"La cosa peggiore di questa situazione, voglio dire un marito, il figlio che ormai è come se ci fosse già, la cosa peggiore è che ti svegli al mattino e ti sembra sempre di sapere cosa succederà prima di sera, quando devi tornare a dormire, nello stesso letto, con la stessa persona".

"È un pensiero banale, lo so, e so che ci sono cose bellissime in un rapporto stabile, impagabili, lo so: la sicurezza di qualcuno su cui puoi contare e la gioia di costruire qualcosa che duri e di progettare il futuro con un'altra persona eccetera eccetera eccetera, lo so", di nuovo lo disse come una filastrocca imparata a memoria, e ormai noiosa, noiosissima, "Però, insomma…", e lasciò il discorso così, con i puntini a chiudere il pensiero, a non chiuderlo affatto.

'Forse è tutto il mondo, che sta diventando così', pensò l'uomo, 'Con meno librerie e più negozi di cellulari. Un mondo intero dove le cose che non sono alla moda, chiudono', pensò, 'Dove quello che non piace a tutti, scompare. Dove i poveri ci sono, e sono sempre di più, ma non si vedono, non nel centro delle città, almeno'.

"E poi c'è il fatto che io so che lui sarà un buon padre", disse la donna, "Nel senso che è una persona affidabile, e dolce, anche, diciamo, e che farà tutto quel che ci sarà da fare per il bambino o la bambina, e che qualunque cosa succeda tra noi, in futuro, comunque potrò contare sul suo aiuto. Il fatto è che so tutto questo, però lui è uno stronzo".

"Cioè, voglio dire, è quel tipo di persona che dice che non ha niente contro i gay, o i neri, ma sono sicura che se nostro figlio avrà un maestro gay lui farà di tutto per fargli cambiare classe. E se nostra figlia avrà un fidanzato nero lui starà malissimo. Non lo dirà, forse, perché sa capire che la società lo condannerebbe, a Londra, in questo momento, però non sarà felice, se sua figlia avrà un'amica del cuore pakistana, o un fidanzato nero. Il fatto è che io vedo queste due cose, e non riesco a capire quale sia più importante".

L'uomo fece ancora due tiri, lentamente, poi disse: "È sempre un casino, in queste cose, credo". Si rese conto che era una frase che non voleva dire niente, ma non ne trovò altre. Pensò che almeno questo tipo di problemi gli erano stati risparmiati, nella vita, e che era stata una grande fortuna, e che davvero non capiva perché ci fossero tanti omosessuali che volevano andare a rovinarsi l'esistenza con un matrimonio, si chiese come potessero essere attratti da quell'inesauribile fonte di problemi e tragedie. Era d'accordo, in generale, sul principio che qualunque diritto negato rappresenti un'ingiustizia, ma ugualmente non capiva perché mai si dovesse lottare per ottenere il diritto

di scambiarsi una ridicola promessa come quella: l'eternità di un sentimento, 'È proprio assurdo', pensò, 'Non potrei mai fare questo ragionamento in pubblico, e nemmeno a una cena con gli amici o i colleghi, però è proprio così
che mi sembra: assurdo'.

"Quando avrò avuto il bambino", disse Elena, dopo
un po', "Voglio lasciare il lavoro e tornare a fare quello
che mi piace, cercare di farlo davvero, insomma, dopotutto è per la fotografia che sono venuta in questa città".

"E lascerai tuo marito e cercherai qualcuno che ti man-
tenga?", disse Tom, ridendo, anche lei rise.

"Certo", disse, "Magari tu, se sarai tornato a una fase
bisessuale, chissà, oppure potrei travestirmi da uomo, la
sera, e fare sesso mascherato con te, voglio dire, come se
fossi uno dei tuoi giovani ballerini, e tu in cambio torne-
rai a pagarmi l'affitto e il mangiare, e io sfrutterò tutte le
tue conoscenze per fotografare i grandissimi artisti di
questo Paese nelle loro pose più misteriose e seducenti,
cosa ne dici?".

"Non contare su di me per conoscere grandissimi artisti", rispose l'uomo, "Ne avrò incontrati due o tre in tutta
la vita", disse, "Ti dovrai accontentare dei grandi, o forse
soltanto dei buoni, o dei sufficienti, e se vuoi fare molte
foto dovrai scendere fino ai mediocri come me, allora sì, ti
posso presentare un sacco di gente", sorrise e la guardò
sorridere, 'Come sei bella', pensò, 'Speriamo che sia un
bambino, e che abbia il tuo sorriso e che non prenda niente da suo padre'.

"Artisti convinti di essere grandi artisti", disse, "Di
questi te ne posso presentare un'infinità. Ma di grandi
artisti che non sono ancora sicuri di esserlo, e che continuano a lavorare tutti i giorni per diventarlo, e che sono

64

gli unici che varrebbe la pena seguire, di quelli ce ne sono un paio in tutto il Paese".

"La coreografa dello spettacolo di questa sera", disse, "Lei, ogni volta che finisce un progetto, mi telefona e mi dice: 'Tom, sono disperata, questa volta ho fatto davvero un lavoro terribile', e si mette a piangere al telefono. Sempre, fa sempre così, da trent'anni, e infatti è la migliore. Ha ancora qualcosa da dire, capisci?, ha della rabbia, del fuoco".

"Era bello, lo spettacolo", disse la donna, "Lo sai che non so spiegare queste cose, però era proprio bello. Si capiva, ecco, si sentiva che aveva forza. E tu?", disse, accarezzando il suo vecchio amante su una guancia, "Perché hai detto quella cosa, prima, che quando morirai nessuno si ricorderà di te?".

"Perché è vero. Io so di non essere tra i migliori. Ho fatto alcune cose molto buone, da giovane, quando non avevo un soldo, quando mi sembrava che tutto fosse sbagliato, tutto, il mondo intero, e che se volevo farmi ascoltare dovevo sputare sangue, e l'ho fatto, ho sputato sangue, per anni, e ho fatto delle cose buone".

"Ma poi ho cominciato a guadagnare molto, il lavoro è diventato sempre più facile, e ho smesso di lottare. Non so se quello che sto dicendo ha senso, ma è così che è andata. Ho cominciato a essere uno stipendiato, un impiegato. Tutto troppo sicuro. Quando siamo stati assieme, io e te, ero insopportabile, lo so, ed era per questo: perché sentivo che non avevo più niente da dire, proprio quando tutti sembravano aspettare i miei lavori, proprio quando avevo finalmente un pubblico".

La donna lo abbracciò stretto, e sospirò. Lui sorrise, e le accarezzò i capelli, 'Quanto sei dolce', pensò, 'Non sei bellissima', pensò, 'Però sei molto dolce, e questo naso del Sud mi piace ancora molto, ed è un peccato che ci siamo persi per tutto questo tempo'.

"L'unica cosa che posso dire a mia discolpa", disse, "È che almeno mi rendo conto della mia mediocrità. So che è così, ecco, e non rompo le scatole a tutti con la mia presunta grandezza. Sapessi quanti ce n'è, invece, di mediocri che appena t'incontrano ti dicono quant'è bello il progetto a cui stanno lavorando, il soggetto che hanno appena buttato giù, l'autobiografia che hanno iniziato a scrivere, quant'è importante, quant'è fondamentale. E che ti raccontano i loro progetti artistici per i prossimi cinque anni, cosa faranno e come lo faranno. E hanno sempre appena vinto un premio o ricevuto una recensione entusiastica, e te lo dicono subito, un secondo dopo averti stretto la mano".

"Beati siano i cretini di successo, amica mia, beati loro, i mediocri felici e sicuri, che hanno sempre qualcosa da mettere in scena e sempre del lavoro molto buono da finire, quanta paura ho di diventare così, prima o poi, Elena, non puoi nemmeno immaginarlo".

Sospirò, guardò la donna e di nuovo si disse che l'importante, per ciò che lo riguardava, la cosa più importante in assoluto era non diventare un cretino egocentrico e molesto convinto di essere un genio. L'importante era quello, sì.

"Forse saremmo dovuti restare dei buoni amanti, io e te", disse, "Forse non saremmo mai dovuti andare a vivere insieme e allora non ci saremmo mai annoiati l'uno dell'altra e avremmo potuto continuare a desiderarci, e allora forse avremmo avuto un bambino e tu avresti avuto quel giornalista come allegro amante e io il mio bellissimo

Elias come devoto amante, ma sempre soprattutto amandoci io e te e stando lontani e vicini, cosa ne dici?".

"Dico che sei ubriaco", disse la donna, "E anche io, e che qualcosa sarebbe andato storto comunque, perché qualcosa va sempre storto tra due persone, voglio dire, l'importante è ritrovarsi, non credi?, voglio dire, forse i momenti più belli non sono, diciamo, gli incontri speciali, le prime volte, come si crede, forse sono solo i rincontri, le prime volte di nuovo, dopo anni di assenza, come è successo a noi stasera".

"Ma tuo marito, a letto, com'è?", disse Tom, e sorrise, anche lei sorrise.

"Meno bravo di te. Meno generoso, diciamo. Più impaziente. E ha un'amante, una collega appena assunta e appena uscita da una buona università e molto furba e molto magra. L'ho incontrata un paio di volte, a dei party di lavoro, e sono sicura che hanno una storia".

"Però non m'interessa, sai?, proprio per niente. Mi dà soltanto fastidio l'idea che lui, qualche volta, mentre fa l'amore con me, insomma… che pensi a quella ragazzina, per eccitarsi. Non so se succede davvero, ma mi capita di avere questa impressione, che lui usi il ricordo di lei per eccitarsi con me, e questo mi fa male. Ma comunque non è per il sesso, che sto con lui. Non è questo".

Di nuovo tacquero entrambi, per qualche secondo, senza essere imbarazzati dal silenzio, poi Tom disse che era buona, l'erba, e le chiese se le era piaciuto il vino, lei disse di sì.

"Io non darei troppo importanza a questa cosa", disse l'uomo, "Voglio dire, ognuno si eccita come vuole, e dopo una certa età, come può. Se stai con lui perché è affidabile, e dolce, io prenderei come un'ottima cosa il fatto che voglia ancora fare l'amore. La tragedia non è mai il tradimento, meno che mai quello mentale: il vero problema, nelle coppie, è l'astinenza".

"Hai ragione", disse Elena, "Naturalmente hai ragione. Sei molto saggio, si vede che hai vissuto molto", disse, e rise, "Ho lottato su tutti i fronti", disse l'uomo ridendo anche lui, "E ho un sacco di medaglie sul petto", disse, "Anche se non si vincono mai, queste battaglie, mi sembra di avere delle decorazioni, per avere combattuto con onore e lealtà. O forse sono soltanto cicatrici, non so, ferite di guerra. Sono un vecchio soldato dell'amore", disse, e di nuovo la guardò negli occhi e sperò che il bambino li avesse così, gli occhi, scuri e sinceri, poi lei si girò su un fianco e sospirò, le mani sotto la testa, il corpo disteso, un'aria tranquilla, l'uomo si sistemò proprio accanto a lei e la abbracciò stringendole piano la pancia; rimase così per molto tempo, fermo e zitto, ascoltandola respirare, pensò a molte cose confusamente, e cercò qualcosa di bello da dirle ma non lo trovò, e allora non disse niente, continuò a seguire pensieri che sbiadivano uno dietro l'altro e ad ascoltare il jazz e il suo respiro, il traffico e il suo respiro, il jazz e il traffico e i loro respiri, e la sentì addormentarsi, e si addormentò anche lui.

Libera i cani

Cammina per la città lottando muto col freddo di marzo, è alto e magro, ha zigomi larghi e occhi profondi, la gente si ferma a guardarlo, è bello e lo sa; si chiama Elias ed è scappato da un'isola del Sud quando aveva diciotto anni e suo padre, oggi, lo ha chiamato dopo molto tempo, dopo un secolo di silenzio tra loro, e odio del ragazzo per quell'uomo che una sera di settembre lo ha ferito per sempre; è scappato da una terra di sole e adesso lotta tra sette milioni di anime di una metropoli-mondo.

Ha visto un film messicano nel piccolo cinema di Angel, una storia di cani e scommesse e vita che graffia e fa sanguinare, una storia di disperati com'era lui quando è arrivato qui, in una città sporca e cattiva come non ne aveva mai visto, mai immaginato, 'Non mi prendi', dice al padre nei suoi pensieri, 'Non sono più tuo, non sono di nessuno'.

Ha ventitré anni e gli sembrano tanti, ha un lavoro per i fine settimana e un monolocale al confine tra il quartiere bohémien e la periferia di casermoni pulsanti di famiglie turche e indiane e pakistane.

"Vengo a trovarti, arrivo domani", gli ha detto il padre al telefono; Elias stringe il cappotto sollevando il bavero a coprire le orecchie; Elias ha imparato a essere solo come si può esserlo quando casa tua è dall'altra parte del continente e tuo cugino ti ha prestato i soldi per fuggire e tuo padre ti ha dato per morto; ha imparato a morire in palestra di esercizi e attrezzi e corse e flessioni e ha studiato il doppio degli altri e preso voti migliori di tutti e lavorato notte e giorno e vissuto in camere da tre; ha imparato a non pensare alle persone lasciate e a dimenticare la sua città di sole e le spiagge bianchissime della sua terra.

Cammina nel gelo di marzo e non sente nemmeno la pioggia che all'inizio lo faceva impazzire, gridare, morire, e il grigio del cielo e la mancanza di stelle; gli piacciono i ristoranti di questa strada e le bandiere dell'Arsenal davanti ai pub di quartiere sempre uguali a se stessi; gli piace l'odore di cento cucine di cento Paesi di quest'incrocio di caffè e ristoranti e la festa di lingue della sua scuola; gli piace salutare con un gesto della testa i controllori nei loro vecchi maglioni slabbrati, ha imparato a capire l'inglese d'immigrati recenti e le maledizioni mute contro i britannici e i loro soldi fottuti; cammina per Upper Street e sa che questo posto è tutto, è il mondo intero, divertimento e sudore, sfruttati e milionari, come migliaia d'altre strade di questa città, di tutto il Regno.

"Io sono il capitano del mio dolore", le parole di una canzone sentita mille volte e come scritta per lui, "Io sono il capitano dei miei ricordi"; pensa al padre, alle loro voci al telefono, invecchiate, spezzate, al suo confondersi, come sempre, nel momento d'iniziare discorsi difficili; "Vorrei vederti, Elias, davvero, vorrei vederti e parlarti", e lui non è stato capace di dire niente, la sua forza fuggita, un capitano senza controllo, i ricordi lì a spingere per venire fuori; "Vengo domani, parliamo un po', va bene?", e lui non ha detto nulla.

È sera ed è solo, siede a un tavolino del suo caffè preferito, sfoglia una rivista per salutisti innamorati di arance e olio d'oliva, un posto arredato di legno e specchi dove si rifugia, ogni tanto, per calmare i pensieri e fuggire dal freddo delle strade.

È sera ed è solo, ordina succo di frutta e croissant, la proprietaria viene a servirlo, è una bionda con occhi grandi e una bella voce e voglia di chiacchierare, si sono guardati e parlati qualche altra volta, sempre a quest'ora, poco prima della chiusura, quando il locale è quasi vuoto e lei ha tempo per sedersi con lui, come fa adesso; è simpatica e ha belle gambe; prende da bere anche lei, vino frizzante, discutono di povertà e ricchezza, dell'arte da portare nei sobborghi, di Béjart e Antonioni; la donna sorride, si accarezza di continuo i capelli, propone a Elias di passare a casa sua, alla chiusura, vedranno un film, magari, lui accetta.

'Non dovevi venire', dice a suo padre nella notte fredda, cammina veloce per il viale, in cerca di tabacco e cartine.

Spesso brucia le sere in giri senza meta, un'ora di biliardo con i turchi di Stoke Newington, qualche mano di carte con i napoletani del Circolo Vesuvio, sradicati come lui che non hanno imparato a cancellare la vita vecchia, a dimenticare le voci e i visi, "Io sono il capitano del mio dolore", Elias porta il peso della lontananza senza lamenti, gli basta il pensiero del futuro, sapere che un giorno sarà un grande ballerino, il futuro che riscatterà tutto.

Pensa all'indomani e al treno per l'aeroporto, a ciò che potranno dirsi, lui e quell'estraneo che gli ha dato nome e cognome, pensa all'indomani e ai loro occhi e alle loro mani, a un abbraccio che potrebbe cancellare tutto, che magari non cambierà nulla.

'Non dovevi venire', pensa, 'Dovevi dimenticarmi, come ho fatto io'; lui ha dimenticato, cancellato, vinto i ricordi che graffiavano dentro facendo male malissimo, ogni giorno, ogni sera, ogni ora, ha superato il confine, gli sembra di averlo fatto, almeno: l'altra vita lontana, come non l'avesse mai vissuta.

L'ultimo aprile di quella vita, un secolo prima, fa caldo, nella sua città, i ragazzi saltano le lezioni per correre nei parchi o nelle spiagge ancora senza turisti; Elias ha diciotto anni e tra poco avrà gli esami, poi le vacanze, l'estate vera, la fine della scuola, del liceo, del treno da prendere ogni mattina.

È aprile e sono sdraiati sulla sabbia, sono soli in questo tratto di spiaggia e suo cugino lo abbraccia baciandogli il collo, "Cosa farai, adesso?", lui non sa rispondere, non vuole pensare a cosa l'aspetta, all'università, alle scelte da prendere, vorrebbe godere il sole e questi baci timidi, "Non lo so, vado a Roma a fare un provino, una scuola importante, a Londra"; il cugino lo guarda e non dice niente, sa che Elias non ha soldi, che il padre non sarà mai d'accordo, non dice niente, continua a baciarlo, gli accarezza le braccia, gli parla all'orecchio, "Ti voglio bene", dice.

'Ho cancellato tutto', pensa Elias, 'Ci ho messo degli anni e adesso lui arriva e fa diventare di nuovo tutto vero, doloroso e vicino'; sono su un tappeto che il ragazzo direbbe indiano, e costoso quanto un paio di mesi del suo affitto, sono senza vestiti e questa bionda gli sorride e accarezza i capelli, "Sei bello", gli dice, e lo ripete, "Sei così bello".

Hanno fatto l'amore e Camden Town è una fiera di rumori e facce, oltre le vetrate del grande soggiorno in penombra; lei lo guarda e sorride, gli chiede di parlargli della sua terra, del suo mare, di com'è stato l'inizio in questa città. "Deve essere stato duro", dice, "Ma anche bello, immagino, tirare avanti così, come una scommessa, senza soldi, senza nessuno, solo per la danza e l'arte, in qualche modo sei fortunato". Elias non risponde, perso nei quadri e nelle maschere appese ai muri, ceramiche e arazzi messicani, vorrebbe parlarle della sua scuola, della compagnia nella quale un giorno sarà preso, più bravo di tutti, più bello di tutti; vorrebbe parlarle dei suoi compagni e delle gelosie che distruggono ogni possibile amicizia, dei coreografi che t'invitano a cena e non puoi dire di no, dei primi ballerini che tirano avanti con la coca e l'alcol, anoressici con le mucose rotte e il nervoso sempre a mille; non riesce a parlare di tutto questo, di questi anni e di quello che sono costati. "No, non è stata troppo dura, dopotutto", pensa a suo padre e a quel che si diranno, a come sarà.

Quando è arrivato in città, a salvarlo è stato un walkman, la voce buia di un cantante australiano, i film del cinema al pomeriggio dietro Leicester Square, quando è arrivato in città ha trovato una camera tripla nella periferia perduta, due linee di metro da prendere ogni mattina, giornate intere a cercare lavoro, ore e mattinate e pomeriggi a camminare per i sobborghi più grigi, chilometri di villette tutte uguali, i giardini a schiera sulla strada, musica reggae sparata al massimo e visi arabi e africani scuriti da soli lontani.

Quando è arrivato in città ha conosciuto dei conterranei, sulla Jubilee Line, di ritorno dai soliti giri di colloqui per caffetterie e pub, ragazzi della sua isola che l'hanno invitato da loro, a Kilburn, pizzaioli e baristi e aiutocuochi, le sere libere passate a casa davanti ai giochi elettronici, alle videocassette noleggiate, a ubriacarsi di mirto seduti sul tappeto del salone, chiacchiere di nostalgia per l'isola e progetti di ritorni clamorosi, fuoristrada e vestiti firmati per stupire parenti e amici.

Lui non ha nessuno da cui tornare, nessuno da stupire, ha cancellato tutto, non c'è stato niente, per lui, prima di questa città, prima di oggi.

La madre gli accarezza i capelli cantandogli una canzone che conosce solo lei, "Bambino, bambino mio", gli dice all'orecchio; lui non è un bambino, ha sedici anni e gambe lunghe e forti, piange nascondendo la testa nel cuscino; la madre ha capelli lunghi e biondi e il viso triste di chi sa che suo figlio cresce e non è più suo, ma del mondo e della vita e di amori nuovi dolorosi.

Se il padre li vedesse, lui che piange e lei che consola, si arrabbierebbe e parlerebbe di palle da tirare fuori, di quello che deve essere un uomo e di quello che non può fare; suo padre è buono ma non piange mai; suo padre gli dice che non sembra un uomo, Elias, con quelle gambe secche, il petto rasato e quel passo troppo leggero, come indeciso, come danzante; il padre urla quando suo figlio non vuole mangiare la carne, perché non si è mai sentito che una bistecca faccia impressione, che il sangue faccia schifo, e cosa abbiamo, dentro le vene, se non il sangue, e cosa abbiamo sempre mangiato, se non la carne?; suo padre urla quando sente parlare di teatro e poesia, suo padre lavora duro e va al bar tutte le sere, morirebbe per sua moglie e la famiglia, lo dice sempre; con Elias non parla, dice che non ci riesce, che non lo capisce, che sono troppo diversi; la madre ascolta i segreti, le sue storie intricate di amori e tradimenti acerbi di ragazzo e gli accarezza i capelli e lo chiama bambino, bambino mio.

Quando è arrivato in città ha imparato a non farsi domande, a muoversi svelto dormendo il meno possibile, a parlare poco e a cancellare suo padre e quella sera di settembre e a cercare una donna che lo amasse senza chiedere niente; ne ha trovate e perse, di donne così, una al mese, una al giorno, ha trovato uomini di paesi più a sud del suo, orientali ricchissimi e caraibici dalle gambe infinite; nelle ore perse con i suoi compaesani ha studiato il loro amore per le nottate nere della periferia estrema, li ha visti uscire di casa truccati leggeri, girare ridenti per garage clandestini fino al mattino pieno, una pastiglia e un sorso di rum, una bustina che passa di mano, aspira e passa, aspira e passa, bustine comprate con i risparmi di un mese; ha cambiato camera e casa decine di volte, dopo litigi furiosi per motivi che a ricordarli adesso fanno ridere, e forse era sempre solo il grumo che si è portato dall'isola, il non riuscire a parlare con nessuno, non trovare nulla di cui parlare, solo danza e sterline, nient'altro.

È stato solo per settimane e mesi, la musica del walkman e le lezioni e la pioggia fitta, un cielo senza stelle e delle strofe buie a fargli compagnia, 'Dio mio', si è detto mille volte davanti allo specchio, 'Non voglio altro che esistere e ballare, muovere le braccia seguendo la musica e inventare figure sul palco facendo mio il pubblico', e lo specchio gli ha dato ogni volta l'immagine di un ragazzo più magro, veloce, vivo e solo, lontano dalle spiagge e dai tramonti sul porto, di un uomo senza madre né padre, senza donne che lo sappiano amare per più di una notte: ogni sera il cuore più duro, il confine alle spalle, lontano.

"Resta a dormire", dice la donna, lo tiene stretto per le spalle, la bocca sul suo collo, lui si libera piano, non la bacia e non la guarda, "Resta a dormire, dai, resta qui", non risponde, scrive il suo numero di cellulare su un foglio, lo lascia lì, sul tappeto, va in bagno, si lava, pensa a un aereo dall'isola e all'estraneo che porterà, torna nel salone, sembra si sia addormentata, "Sei triste, amore mio, sei troppo triste per la tua età", parla a lui ma come dal sonno, come persa nei suoi pensieri, "Resta con me, stanotte, sei troppo triste, non ce la puoi fare, da solo, così giovane, quanti anni hai?", Elias non dice niente, esce in strada respirando forte, piove, solleva il cappotto per coprirsi la testa ma si bagna ugualmente, 'Non sono triste', risponde a se stesso, 'Sono solo e sto bene così, non sono triste'.

La madre conosce i suoi segreti e i suoi amori ma non ha forze per difenderlo combattendo il padre, le ire di lui a sentire certe voci sul figlio, certe risate che gli arrivano all'orecchio, nei bar del paese; la madre sembra invecchiata d'improvviso, non gli parla più accarezzandogli i capelli, gli chiede cosa vuole fare dopo gli studi e perché va in città ogni sera; lui non le parla delle lezioni e del cugino, sente che non capirebbe, che le sue scelte danno un dolore che non può condividere, che deve tenere per sé, proteggendo la madre da questo padre che non capisce; la madre gli giura il suo amore ma non vuole perderlo, "Cosa vuoi studiare, Elias?", lui non risponde, non lo sa, non gli sembra importante.

Non è stato duro solo l'inizio, lo è stato sempre, in ogni momento, per i soldi e per il tempo, la scuola che ti fa schiavo, sei, sette, otto ore di lezioni e prove, tutti i giorni, la domenica muori su una poltrona davanti alla televisione, sdraiato per terra a fissare il muro e riprendere forze; è stato duro sempre.

Una sera Elias è nella scuola, non c'è più nessuno, è rimasto due ore da solo a fare esercizi e flessioni, a provare i passi di un pezzo che ha in testa, "Libera i cani", lo chiamerà, come un brano del suo cantante notturno, "Libera i cani contro di me", dice la canzone, "E sciogliti i capelli, tu sei un piccolo mistero per me, ogni volta che mi cerchi", il ragazzo immagina la musica e disegna amore e gelosia davanti allo specchio, lavora duro felice di stancarsi; fa una doccia e si cambia, mangia un panino con Max, la guardia notturna, due metri di muscoli e tatuaggi, "Ma tu", dice al ballerino, "Tu che sei straniero, cosa fai, alla sera?", e gli parla delle sue notti d'adolescente per discoteche e locali, Max, di una casa economica in zona nord e di mutui e banche, dei suoi progetti per i prossimi dieci e vent'anni, Elias finisce il panino senza dire nulla, saluta il suo amico di una sera. "Abbiamo la stessa età, io e te", dice Max con un sorriso, lui fa di sì con la testa.

È l'ultimo settembre nella sua terra, l'ultimo giorno di quella vita, la sera sta arrivando, l'appartamento del cugino è piccolo e spoglio, nel cielo passano grandi nuvole come di pioggia; hanno cenato e fumato, sono in boxer e maglietta, nel salone fa caldo, musica indiana dallo stereo, guardano fuori dalla finestra, il golfo e la laguna, il mare è già scuro, il faro soltanto buca quel nero.

Sono stretti in un abbraccio che non sanno controllare, forse non vogliono; il cugino si chiama Fabio e ha un lavoro e dieci anni più di lui, a Elias piacciono il suo viso e le sue mani ma tutto questo ha come un sapore amaro, non capisce perché ma lo sente, nella bocca e dentro di sé, Fabio gli bacia le orecchie e il collo, graffia la sua pelle stringendolo sempre più forte, è dolce, però, questa forza, "Ti amo", gli dice piano, Elias non sa cosa dire, si lascia baciare.

Risponde al telefono, la donna gli chiede cosa sta facendo, se ha voglia di vederla, lui dice di sì, le propone di guidare fino a Stansted, se ha tempo e voglia di accompagnarlo a un aereo che arriva da oltre confine, con un pezzo del suo passato a bordo, "Magari ti spiegherò dopo, se sarò capace di spiegare qualcosa", lei non capisce ma accetta; si incontrano in un ristorante arabo, ordinano cuscus e vino; Elias la guarda: è bella, sorride e sembra felice, leggera, "Perché mi hai chiamato?", le chiede, baciandola, la donna gli stringe le mani nelle sue, lo guarda negli occhi, scuri come di pianto tenuto a fatica, gli dice che sembra così giovane, che è solo un ragazzo, lui sta zitto, segue i ricordi.

La notte è tiepida e piove, Fabio tiene il cugino in un abbraccio muto, "Non piangere", gli dice, "Ti prego, non piangere", Elias ha labbra spaccate, sanguinanti, gambe doloranti e occhi gonfi e scuri di lividi, piange e stringe i pugni di rabbia e paura, Fabio gli ripete di calmarsi, di non piangere, di non avere più paura, sente il suo abbraccio leggero e i baci sugli occhi chiusi, leggeri perché non facciano male, carezze sugli zigomi e le guance; "È finita", dice Fabio cercando un sorriso, sfiora i lividi con il ghiaccio, cotone e alcol disinfettano le ferite, piano, pianissimo, "È finita, è tutto passato, non pensare, non piangere, dimentica, subito, ora, come non fosse successo, dimentica e scappa"; Elias ha singhiozzi di pianto che non sa fermare, sente dolori ovunque, dentro, in fondo, gli occhi pesti e la testa che pulsa, non può muoversi senza fitte e nausea. "Ci penso io", dice Fabio al suo orecchio, come un sussurro, "Devi andartene, cancellare questa sera, quello che è successo, ti do i soldi per il viaggio, ti do quello che vuoi, parti e ricomincia, vai lontano e dimentica tuo padre e anche me", e lo bacia e accarezza, gli tiene le mani e gli giura amore, lo benedice e perdona, lo chiama amore mio, mio impossibile amore.

Non è bravo a lasciarsi andare, a spiegare e ricordare, per anni ha ucciso i ricordi e adesso all'improvviso gli sembra importante tornare indietro, fare i conti e capire davvero, "Non doveva venire, mio padre", non sa dire altro, non sa parlare della madre e delle telefonate di lei, di come l'ha sentita invecchiare e soffrire, sempre di più, anno dopo anno, Natale dopo Natale; "Quando hai superato un confine non dovresti mai tornare indietro", ha pensieri come questi ma non sa spiegare.

Hanno finito di cenare, bevono un liquore, guarda questa donna che quasi non conosce ed è contento di averla vicino, vorrebbe raccontare tutto, liberarsi, fare i conti aiutato da lei, "Mia madre lo ha lasciato, se n'è andata, è fuggita da mio padre, lo ha lasciato solo e perso, non credevo fosse possibile, è così".

Sta raccontando, alla fine: la abbraccia, si fa abbracciare, "È diventato un altro, sera dopo sera, al bar fino a tardi o davanti alla televisione, come se lei non ci fosse, e so che è per me che è successo, in qualche modo, per quella sera in cui mi ha seguito in città e trovato lì, in una stanza buia con un ragazzo che mi era parente, nudi e soli;

e so che non era mio padre a picchiarmi, era l'uomo che deve fare certe cose, che non può permettere tutto, era l'uomo che ha delle regole; so che quella sera è finita, per me con loro e per lui con lei; so che non le ha perdonato di avermi dato dei soldi, di avere continuato a chiamarmi e a volermi bene; so che l'ho odiato fino alla morte, non per le ferite, per quello che ha spezzato, per l'umiliazione; non so cosa succede adesso, cosa può succedere, non so se riusciremo ad abbracciarci, a essere qualcosa di meglio che due sconfitti che si odiano, non so perché ha deciso di venire", sta zitto, si fa baciare, le parla all'orecchio, "Non mi lasciare, chiunque tu sia, mentre mi accompagni da lui, tienimi stretto, dammi la mano".

Camminano in silenzio e piove; nella sua terra in questi giorni di marzo le ragazze prendono il sole ai tavolini del centro, turisti tedeschi arrancano per le salite strette del quartiere medievale, sbucano nella piazza del Bastione accecati dalla luce e dalla bellezza, il mare splende e al sole non importa nulla del calendario, forte e arrogante come fosse già estate; nella sua terra la pioggia si fa aspettare per mesi, poi picchia duro allagando i campi e oscurando il cielo, acqua possente e crepitante; la pioggia di questa città è come sporca e morta, sempre; sono all'aeroporto, hanno preso un caffè, vanno verso gli arrivi, il ragazzo cammina nervoso, emozionato, la paura che il confine lo catturi di nuovo, "Come stai?", gli chiede la donna, lui la guarda, è bella e vestita di nero, si danno la mano guardandosi negli occhi, "Va tutto bene", risponde Elias, gli trema un po' la voce.

Autunno

La ragazza gli chiese cosa poteva portargli, lui le guardò bene gli occhi e il viso, le labbra dolci di una ventenne felice, un anello di metallo sul sopracciglio, niente rossetto, niente trucco sugli occhi; tirava un vento leggero ma in quella specie di bar caraibico non arrivava, l'uomo poteva vedere le palme agitarsi oltre i finestroni di finto vetro, le onde conquistare il bagnasciuga, a qualche metro da lì.

L'uomo guardò la ragazza e poi il mare, l'azzurro cupo dell'acqua d'autunno e il viso attento di una giovane donna che prendeva la sua ordinazione, "Mirto", le disse, "Ma poco", e sorrise e vide che lei rispondeva al sorriso, che le brillavano gli occhi; "Dopo me lo fa, un autografo?", fece di sì con la testa, tornò a fissare le onde e il grigio della sabbia e poi, di sfuggita, le gambe della cameriera che andava a prendere il suo liquore.

"Mirto", si ripeté a bassa voce, e capì che non sarebbe stato bravo nemmeno per quei pochi giorni, che tutto sarebbe andato come sempre, che era stato un inganno, il solito inganno: tornare a casa, credere che sarebbe stato capace di non bere e che la sorella avrebbe dimenticato il suo abbandono lontano nel tempo, che l'avrebbe perdonato e abbracciato sulla porta dicendogli che gli voleva bene, che in fondo erano fratelli e questo era più importante di tutto.

"Sei tornato?", gli aveva chiesto, fissandolo dritto negli occhi, incurante del viso gonfio e dell'aria stanca di lui, "Sei tornato" e nient'altro; si erano lasciati dopo un tè e quattro chiacchiere fredde; era stato un inganno, come quella spiaggia raggiunta col bus e poi a piedi, camminando sul bagnasciuga per chilometri come faceva da ragazzo, quand'era uno splendido giovane del Sud con i ricci scomposti e i sogni in disordine, quando quella spiaggia era una distesa di sabbia bianca e le palme incorniciavano dune tropicali; adesso era grigia e dura la sabbia e giallo e cupo il suo viso, un attore male in arnese che aveva inseguito le donne sbagliate e le droghe sbagliate e bruciato denari e anni e talento in auto troppo costose e stupide produzioni per ragazzini e che ora si rifugiava su una spiaggia rovinata dalla furia edilizia e dalla stupidità rovinosa di amministratori incompetenti.

La sua nuova amica tornò al tavolino, poggiò il bicchiere e una bustina di patatine etniche, "Siediti con me", disse l'uomo, lei ubbidì, sorridente, così bella e giovane, "È l'unica cosa che non posso fare, che non dovrei fare per nessun motivo, bere alcolici", lo guardò toccandosi l'anellino, le sopracciglia alzate chiedevano spiegazioni, aveva in mano una penna e un foglio bianco, l'uomo glieli prese con un gesto automatico, senza pensare scrisse una firma lunga e tremante, poi si fermò, restando con la penna per aria, "Come ti chiami?", chiese, lei glielo disse.

"Alla ragazza che si fa chiamare Mila, la più bella che mi abbia mai sorriso, in un pomeriggio del mio ultimo autunno, in una spiaggia che è il fantasma di un tempo, con affetto".

Assaggiò il liquore, subito sentendo una fitta alla pancia, o forse era soltanto la sua testa che dava ordini di dolore da sensi di colpa, forse era la sua coscienza che rifiutava l'evidente, l'inutilità dell'agire bene.

L'uomo era stato famoso e amato fino a poco tempo prima, un attore che conquistava con la tristezza recitata dei suoi occhi, adesso era triste davvero; fissò la ragazza e pensò che almeno il suo fascino non si era perso, nonostante tutto, che non si sarebbe perso fino alla fine, anche in quell'ultimo autunno, con la pancia gonfia e dura che si sentiva, i suoi occhi ancora bruciavano le donne, di tristezza e forza.

"Cosa significa?", chiese lei, indicando il foglio, le frasi buie, l'uomo le accarezzò una guancia, erano soli nel locale e forse avrebbe potuto baciarla, se non si fosse sentito così stanco, e debole, "Sto male", disse, poi sentì la frase finta, incompleta, recitata, "Sto morendo, morirò entro un paio di mesi", la cameriera non disse che le dispiaceva, o che era terribile, non disse niente, l'uomo gliene fu grato; non parlò nemmeno dei suoi film, del premio importante che aveva vinto una volta, delle donne famose che l'avevano amato, non fece discorsi da bar, non disse niente, prese la mano dell'uomo e gliela strinse, gli sorrise; lui pensò a quanti anni potesse avere e a cosa pensasse di quella spiaggia, degli alberghi che si volevano costruire poco dietro le palme, o al posto di queste, della strada che avevano fatto nascere al posto della pineta d'un tempo; si chiese se era stupida o in gamba, se partecipava all'euforia incosciente di quella città che sembrava sognare l'America più caotica e cinica; si chiese se a quella giovane donna piacesse, vivere e diventare grande in una vecchia capitale coloniale che si buttava nell'economia del virtuale e poi cementificava una collina con millenni di storia.

L'uomo pensò per un secondo all'idea di fare l'amore con quella giovane donna, ma gli sembrò osceno, come violare una cosa bellissima per il solo gusto di averla posseduta, "Sto diventando moralista", si disse, ma non era quello, lo sapeva: era la sabbia grigia e dura a fargli male, più ancora del fegato e della pancia; era la città tutta che ogni volta lo accoglieva più grande, piena e agitata, e lui era un estraneo, soltanto questo: non avrebbe mai capito e amato una ragazza come quella, che della città era parte, dovunque vivesse, anche nelle villette più remote dell'hinterland infinito.

Guardò la ragazza e fu preso dal suo sorriso, la abbracciò baciandole il collo, baciandoglielo appena, la pelle soltanto sfiorata, lei strinse il corpo robusto dell'uomo che ebbe come un vibrare, un accendersi; le palme lì accanto avrebbero sfidato il cemento ancora per secoli, per sempre, forse, oltre la fine di quell'attore male in arnese, della spiaggia, della città, 'Fino al ritorno dei mori, tra cinquemila anni', pensò l'uomo, poi sorrise del pensiero, abbandonò l'abbraccio della ragazza, le disse una frase abbastanza dolce, pagò e lasciò la mancia, riprese a passeggiare, solo e zitto, lentamente, senza pensare a nulla, solo e zitto, lentamente, del tutto solo, e zitto, nel silenzio grigio di quell'autunno.

Il congiacente

Prima di noi c'è un americano col cappello da film western, poi una coppia di spagnoli, poi la ragazza va a prendere la macchina che abbiamo scelto, una piccola utilitaria da fine settimana, firmo il documento, carichiamo le borse e usciamo dall'autonoleggio. Io sono venuto in treno da Milano, lei da Roma, è bello guidare dentro Firenze, emozionante, passiamo l'Arno e ce lo diciamo, che è emozionante, guidare in questa città da cartolina, e usciamo da San Frediano e la campagna è verde, le colline come nei quadri, e in molti film che abbiamo visto, e in quindici minuti siamo a San Casciano e non è bellissimo, ma nemmeno brutto, e il centro ben conservato, o ben restaurato.

Ci fermiamo in un bar a chiedere indicazioni, lei ha prenotato una camera in un agriturismo, ci dicono che è a dieci chilometri dal paese, in una strada di campagna, giriamo un po' a vuoto, chiediamo altre due volte, lo troviamo, suoniamo al citofono ma non c'è nessuno, il numero di telefono che lei ha segnato continua a squillare da questa mattina, non rispondono. "Che facciamo?", le chiedo, lei non dice niente, scuote le spalle, sorride, ha acceso una sigaretta, fuma.

Si chiama Alice ed è bellissima, questo l'ho pensato dal primo momento, dalla prima volta, a Roma, mentre parcheggiavo il motorino dietro la galleria Colonna, e lei fumava, e mi ha sorriso, e io mi sono tolto il casco, ho messo la catena e l'ho chiusa e ci siamo stretti la mano, "Alice", "Marco", un luglio caldissimo, due mesi fa, due mesi soltanto, e ho pensato subito che era bellissima, che la sua schiena era perfetta, e i suoi occhi neri della Puglia, e i suoi capelli lunghissimi.

Sono una specie di regista, diciamo, vorrei fare dei film, prima o poi, quando troverò un produttore, e intanto giro dei cortometraggi e lavoro nella pubblicità, a Roma, in una grande società di comunicazione, a Prati, e guadagno bene, abbastanza bene, da due o tre anni, per la prima volta in vita mia, dopo un lunghissimo tempo di debiti e camere doppie in zone periferiche, dopo un lunghissimo tempo difficile.

Ho un appartamento in affitto con un collega, a San Lorenzo, e fino all'anno scorso sono stato fidanzato, cinque anni, ed è stato brutto, la fine di quell'amore, quella lunga fine, è stato molto brutto, e poi sono rimasto solo per mesi, proprio da solo, e poi ho avuto delle storie, come si dice, delle ragazze viste un paio di volte, ed era da tanto tempo che una donna non mi piaceva così, da subito e in questo modo, come Alice. Dopo mezz'ora che stavamo parlando, lì nel bar della galleria, tra i giapponesi carichi di buste dello shopping, nel caldo mortale d'inizio estate, lì in quell'angolo luccicante di Roma, dopo mezz'ora che la guardavo e l'ascoltavo parlare ho pensato che sarei voluto partire con lei, andare al mare da qualche parte, e ho ringraziato la sorte, diciamo, che lei mi avesse scritto un'email, per chiedermi se ci potevamo incontrare, perché aveva visto un mio vecchio cortometraggio, una sera, in una rassegna di video al Forte Prenestino, e aveva cercato la mia pagina web, e aveva pensato che voleva conoscermi, se a me faceva piacere, per fare due chiacchiere, per parlare di cinema, insomma.

"Cerchiamo un albergo in paese, ti va?", le chiedo, lei dice di sì. Parla sempre poco, molto poco, ma adesso un po' di più, così mi sembra, di quando ci siamo visti le prime volte.

Qualche giorno dopo quell'incontro siamo andati in vacanza, in Liguria. Le ho chiesto "Vuoi venire al mare con me, per qualche giorno?", e lei ha risposto di sì. Ha detto "Sì", e basta. E siamo partiti, e abbiamo trascorso una settimana assieme, in un albergo davanti al mare, e tutto è andato bene: lei si svegliava prestissimo e andava a prendere la colazione, e la portava in camera. E facevamo l'amore, molte volte, tutti i giorni, la notte fino a tardi, e dormivamo un paio d'ore soltanto, ed ero sempre intontito, e non capivo perché: il sole, il sonno, lei. La guardavo e pensavo che era splendido, averla incontrata.

Si chiama Alice, vive a Roma da otto anni, è di Ostuni, studia biologia, non mangia mai la carne ma il pesce sì, ogni tanto, non legge romanzi italiani, non guarda film americani, non guarda la televisione, vive in un appartamento con due ragazze e un ragazzo, alla Garbatella, ogni tanto lavora come baby-sitter, non mangia mai niente per colazione, prende moltissimi caffè, il suo dolce preferito è la cioccolata. Questo so di lei, e mi basta, questo mi ha detto lei, in quei giorni al mare, e io non ho chiesto altro, io non ho chiesto niente di niente. Leggevamo, nuotavamo, bevevamo vino bianco, mangiavamo focacce, dormivamo poco, facevamo l'amore. Quando la guardavo, stavo bene. Quando parlavo con lei, stavo bene.

Poi, un giorno, dopo una pizza a San Lorenzo, le ho chiesto se aveva voglia di andare a Londra con me, per un fine settimana, a vedere quella città: avremmo visitato i musei, e io avrei fatto delle riprese, per un progetto che stavo cominciando a sviluppare. Alice mi ha guardato, ha fatto una specie di smorfia, si è accesa una sigaretta. "Non posso", mi ha detto, "Devo stare a Roma, i prossimi giorni". Poi, più tardi, quando l'ho riaccompagnata a casa, lei mi ha chiesto, per favore, di non chiamarla, per un po', di non mandarle messaggi sul telefono, di non scriverle sulla posta elettronica. Io non ho detto niente.

Il giorno dopo, ero tranquillo. Due giorni dopo, ero tranquillo. Il terzo giorno, ho cominciato a stare male. A soffrire. Era da molto tempo che non mi succedeva, così intensamente, mi ero dimenticato, di come potesse essere brutto, di quanto potesse essere forte. Succede, di dimenticarsi. Era una cosa senza pause, tutto il giorno, un dolore continuo, un pensiero che non andava mai via: "Perché?", "Cosa è successo?", "Dov'è?", un pensiero fisso, tutto il giorno, non riuscivo a fare niente con naturalezza, Alice, Alice, Alice, la mia testa non si fermava, un dolore fisso: Alice, Alice, Alice.

Il cellulare sempre vicino, continuamente lo controllavo, ma non arrivava nessun messaggio, nessuna chiamata. La voglia, fortissima, di mandarlo io, il messaggio, di fare quel numero e vedere se avrebbe risposto. Sono andato in palestra tutte le sere, a correre e sollevare pesi, a cercare di non pensare. Dopo cinque giorni, mi sono detto che non ce la facevo più, che dovevo andare sotto casa sua, a vedere, a cercare di capire. Ma non l'ho fatto, ho resistito. Andavo in palestra, a correre, a fare pesi, a cercare di non pensare. Dopo una settimana, mi sono detto che non ce la facevo più, che avrei dovuto scrivere un'email, dirle che era meglio che non ci vedessimo più, mai più, che era stato bello, ma era chiaro che era stato un errore, e che io non volevo disturbarla, o forzarla, o chissà cosa, proprio no; e insomma: "Addio, Alice, è stato bello, addio". E ho scritto un centinaio di versioni di quella lettera, naturalmente, quanto ci sentiamo sempre ispirati e loquaci, nella follia, nell'ossessione, pronti alla scrittura, al lirismo, erano parole ispirate, amare e definitive, e in alcune c'era anche un: "Ti odio", e un: "Maledetta". Ma erano tutte frasi cretine, e inutili, e per fortuna lo sapevo, e non l'ho fatto, ho resistito: ho cancellato tutto, ho lasciato perdere.

Mi mancava. I suoi silenzi e le sue parole, il suo modo di parlare di cinema, molto, di libri, qualche volta, di politica, quasi mai; il suo modo di prendermi in giro quando argomentavo con troppa forza, quando dicevo delle assurdità; il suo modo di stare zitta senza che quei silenzi fossero imbarazzanti, o fastidiosi. E la rivedevo, di notte, dopo la palestra, prima di prendere sonno, tardi, molto tardi, rivedevo lei che faceva l'amore con me, la sua pelle chiara, i suoi capelli lisci, lunghi, neri.

Dopo dieci giorni mi ha chiamato, mi ha chiesto come stavo, mi ha detto che anche lei stava bene, mi ha proposto di andare a mangiare una pizza, io ho accettato, senza dire nient'altro, senza trovare il modo per protestare, o chiedere spiegazioni. Siamo andati a San Lorenzo, nella mia pizzeria preferita, tra studenti e gente del quartiere, abbiamo preso una margherita, tutti e due, lei ha mangiato pochissimo. Abbiamo chiacchierato, e abbiamo sorriso molto, guardandoci negli occhi, poi siamo andati in un caffè-libreria vicino alla piazza, a bere un amaro, poi a casa di lei, alla Garbatella, in un palazzo grande, rumoroso e vecchio, ma che a me piace, e quella sera mi è piaciuto ancora di più, splendida stanza da studentessa, splendido appartamento ritrovato.

"Ma cos'è successo? Sei sposata?", le ho chiesto, finalmente, quella notte, quasi mattino, ed era una battuta, uno scherzo, ma mentre l'ho detto ho avuto paura che lei rispondesse di sì, che potesse essere così.

Ho rischiato di sposarmi almeno due volte, nei periodi di crisi profonda con la mia ex fidanzata, nei giorni più bui della lunga agonia del nostro rapporto, quando non ci sopportavamo più, e non avevamo il coraggio di ammetterlo, e di fare qualcosa di sensato. "Sposami", ho chiesto a quella donna, proprio alla fine, dopo un litigio terribile, lei ha detto di no, per fortuna, e ha iniziato a piangere, "Non posso", diceva, "Non ha senso", e piangeva. Ilaria, si chiamava, la mia ex fidanzata che non ha voluto sposarmi, che la sorte la ricompensi per quel rifiuto. Al mio collega Portelli, più giovane di me di cinque anni, a lui è successo lo stesso, e la sua ragazza, tra le lacrime, dopo un'ora di litigio furioso, la sua ragazza invece ha detto di sì, e ora vivono assieme, a Tor di Quinto, e si odiano più di prima, più che mai.

"Sono fidanzata", mi ha detto. Stavamo fumando tutt'e due, e abbiamo continuato a fumare, in un palazzone della Garbatella, in piena estate, un caldo terribile, e c'era una bottiglia di vino rosso, accanto al letto, e me ne sono versato un bicchiere, anche se era troppo forte, per me, con quel caldo. Un vino della sua terra che bruciava lo stomaco, ma ho pensato di averne bisogno, senz'altro ne avevo bisogno, ne ho bevuto due bicchieri, uno dopo l'altro, subito mi è girata la testa. "Ci stiamo lasciando", mi ha detto lei, "È un quasi ex fidanzato", mi ha detto, e poi mi ha spiegato che non facevano l'amore da molti mesi, che addirittura non si baciavano più. Io non ho risposto nulla, ho pensato che ci vogliono cinque minuti, per lasciarsi, soltanto un paio di frasi, e non vedersi più, ma non ho detto nulla, ho fatto di sì con la testa, ho pensato che non m'importava, l'ho guardata negli occhi e ho sentito qualcosa, come una grande dolcezza, qualcosa così, e l'ho abbracciata, e ho sentito contro il mio corpo le braccia sottili di lei, il suo bacino magro, e le ho baciato gli occhi, e le ho detto qualcosa come "Sei molto bella", o "Mi piaci molto", non me lo ricordo, ma non era quello che avrei voluto dire: c'era qualcos'altro, ma non sapevo cosa.

Anche adesso, a San Casciano, nel piccolo brutto Hotel Rosy, mentre sistemiamo le borse in questa brutta camera, con due letti accostati a farne uno matrimoniale, l'enorme crocifisso in mezzo alla parete, anche adesso, mentre ridiamo della bruttezza di questo albergo che abbiamo trovato così, girando a caso per il paese, anche adesso, guardandola ridere, e poi di nuovo accendersi una sigaretta, anche adesso mi sembra di sentire qualcosa, dentro, come una dolcezza fortissima, e mi piacerebbe dire qualcosa, ma non so cosa, o come. "Non farmi soffrire più, ti prego". Qualcosa così, forse. "Non mentirmi". Ma sto zitto.

Ha acceso la televisione, Alice, cambiato canale un paio di volte, ha trovato un programma in cui si parla di Pollock, della vita assurda di quel pittore nordamericano, della sua gallerista, di sua moglie, degli anni terribili dell'alcol e della miseria e poi del successo mondiale. Prendo una mela dallo zaino, mi sdraio sul letto, chiudo gli occhi. "Ti piace, Pollock?", mi chiede, Alice, le dico di sì, "Certo", dico, "Molto", ma mentre lo dico mi viene in mente che lo sto dicendo perché credo che a lei piaccia, perché spero di vedere coincidere questa opinione con la sua. Penso che non mi ricordo, se mi piace Pollock, che forse non mi sono mai fatto questa domanda: ho visto un paio di suoi quadri, credo, in qualche museo, e il film sulla sua vita mi è sembrato ben fatto, ma se mi piace Pollock, non lo so. Comprerei una di quelle tele piene di colori, certo, se avessi i soldi, la guarderei volentieri, la mattina, mentre vado a fare la doccia, ma se mi piace davvero, la sua pittura, chissà. 'Non si deve cercare di compiacere nessuno', mi dico, 'Non le nostre amanti, mai', mi dico, 'Ho già fatto questo errore mille volte, e possono venirne soltanto disastri, soltanto questo', mi dico.

E qualche mese dopo, quando l'ho rivista, la mia ex fidanzata, Ilaria, lei mi ha detto: "Mi hai chiesto di sposarti, e poi sei sparito in questo modo, completamente, senza più un messaggio, una telefonata, senza chiedere di me ai nostri amici, niente", mi ha detto, "Potevamo sposarci, e invece ci siamo lasciati, e tu l'hai fatto in un modo assurdo, cancellando tutto, da subito e completamente", mi ha detto, "Tu non sei normale", mi ha detto, "Non lo sei, davvero".

Stamattina, a Milano, mentre un taxi mi portava dall'ufficio di un cliente alla Stazione Centrale, l'ho chiamata per chiederle se era a Termini, se era arrivata in stazione in tempo per prendere il suo treno, e lei mi ha detto, al telefono, Alice: "Mi stai controllando?", e a me è mancato il fiato; io non volevo controllarla, soltanto volevo sapere se era arrivata in ritardo e aveva perso il treno, come le succede, ogni tanto, mi è mancato il fiato.

"Chissà che fine hanno fatto quelli dell'agriturismo", mi dice, Alice, "Chissà", dico, poi le chiedo se le va di bere del vino, bianco, lei dice di sì, ma non bianco, rosso, di queste parti. Vado alla reception, nello stanzino che fa da ingresso a questa specie di albergo, diciamo, c'è un signore simpatico con una camicia bianca e aderente, la sua bella pancia toscana in vista, 'Chissà se è il proprietario o un dipendente', mi chiedo, 'Chissà chi è, il proprietario dello splendido Hotel Rosy di San Casciano', mi dico, 'Chissà quanto gli frutta, questo luccicante rifugio di peccatori', mi dico, e chiedo all'uomo dov'è il bar più vicino, lui me lo indica, in fondo alla strada, prima della banca, lo trovo subito, compro una bottiglia, vino rosso e toscano, me la faccio aprire, prendo due bicchieri, quando torno nella stanza lei sta ancora guardando la televisione, parlano delle quotazioni attuali dei quadri di Pollock, le passo la bottiglia, le accarezzo la schiena, e le braccia, le dico: "Non lo so, se mi piacciono, i quadri di Pollock". Lei si gira, fissa i suoi occhi nei miei, ride, beve un sorso di vino, "È terribile, Pollock", dice. "Cioè, gli americani, sono terribili. La Khalo, Diego Rivera, gli davano mille punti, a Pollock", mi dice, poi ride di nuovo, e mi accarezza una guancia, e il discorso è chiuso.

'Sembra più grande di me', penso, 'Più matura. Sembra che sia materna, delle volte, con me', penso, e penso che ho otto anni più di lei. E penso che mi piace da morire, quando stronca qualcuno o qualcosa in due frasi, con assoluto arbitrio, senza argomentare davvero. "Il Colosseo", mi ha detto, un pomeriggio, in spiaggia, "Andrebbe raso al suolo, subito", mi ha detto, "È solo uno spartitraffico imponente e pacchiano, e l'hanno sempre restaurato malissimo, e ormai è ridicolo, lì in mezzo alle auto, enorme, sgraziato. Ed è stato il più grande teatro degli orrori dell'antichità, oltretutto". Colosseo: giù. Pollock: giù. Da quando l'ho conosciuta è toccato a Frank Sinatra, i trulli, Mina, la paella, Guerra e pace, Kieslowski, il mare della Sicilia, i Rolling Stones, La dolce vita.

Pronuncia queste sentenze assolute, poi mi guarda e sorride, e mi bacia, come sta facendo adesso, mi bacia e mi morsica, le labbra, la lingua, e poi la morsico e la bacio io, le labbra, la lingua, e poi ancora dappertutto, per molto tempo, e poi facciamo l'amore, sorridendoci, come adesso.

Dopo, non diciamo mai niente, mai.

"Che ore sono?", mi chiede, quando sto quasi per addormentarmi. Raggiungo il cellulare, guardo l'ora, ed è tardi, e glielo dico, e lei entra nella doccia. Mi dà un bacio ancora, prima di alzarsi. C'è un messaggio, nel telefonino, l'ho appena visto, un messaggio che non voglio leggere. Mi lavo, mi vesto, scendiamo insieme dal cinquantenne con la camicia bianca, che ci sorride e ci restituisce i documenti, gli chiediamo se conosce la pizzeria dove dobbiamo incontrare gli sposi, i futuri sposi.

Una volta, da ragazzino, ero al bar con mio padre e un suo amico, stavano chiacchierando, mi hanno dato delle monete per i videogiochi, quando ho finito la partita sono tornato da loro e quel signore stava dicendo, a mio padre, con un'aria molto sicura, molto dura e molto intensa: "Le donne", stava dicendo, "Se gli lasci la catena larga, le perdi".

È per questo che siamo a San Casciano: una compagna di liceo di Alice, una delle sue migliori amiche di quegli anni, è incinta, e si sposa, e la cerimonia verrà celebrata con un rito indiano, di una qualche religione indiana. Non sappiamo altro: soltanto che il colore nero non è considerato propizio, e che il pranzo sarà vegetariano, e che non verrà servito niente di alcolico. Quando arriviamo in pizzeria, però, gli sposi stanno bevendo della birra scura, e i parenti di lei del vino pugliese. La sposa si chiama Carlotta, è al sesto mese ed è meno bella di come me l'aveva descritta Alice, ma è bella: rosea la carnagione, grande la pancia, verdi gli occhi, i capelli molto corti. Non sembra pugliese, e il futuro marito, Luca, ancora meno: è biondissimo, alto, molto gentile. Ci presentiamo, stringiamo tutte le mani, ci sediamo, io e Alice proprio di fronte agli sposi. Sono tutti molto sorridenti. Parliamo del lavoro di Luca, che fa il consulente aziendale, a Berlino, dove vivono, di com'è cambiata la città negli ultimi anni, delle pizzerie italiane all'estero, dei romanzi grafici, dei film d'animazione, degli spot delle automobili, del quartiere di Mitte e dei suoi locali notturni. Alice chiede agli sposi come si chiamerà la bambina, Sara o Maria Chiara, rispondono loro.

"Ma questo rito indiano", chiedo, a un certo punto, "Di cosa si tratta, esattamente?", gli sposi si stringono la mano, guardandosi negli occhi, e sorridono, e lei dice "È una lunga storia", e la racconta, e in realtà non è tanto lunga. Comincia da un libretto ritrovato da Luca nella soffitta di casa di sua madre, un giorno che stava cercando un vecchio album di disegni del nonno, un libretto che parlava di equilibrio interiore, purezza del corpo, pace della mente. "L'ha letto lui, poi l'ha fatto leggere a me", dice Carlotta, "Lì, in quelle pagine, ho trovato delle idee, dei concetti, che avevo sempre avuto, dentro di me, ma che non mi erano mai stati chiari, prima".

"Per esempio che la purezza del corpo è la premessa per la serenità della mente, e che per ottenerla non si devono mangiare la carne o il pesce, né bere alcolici, né fumare, prendere droghe, bere tè o caffè, nessun alimento intossicante", dice Carlotta. "Abbiamo passato un periodo, a Berlino, in cui lavoravamo dieci ore al giorno, e ci riempivano di birra e würstel, e stavamo male", dice, "E poi abbiamo iniziato questo cammino verso la purezza, e siamo stati subito meglio". Io guardo Alice, che sembra stia sorridendo, o qualcosa così. Mi chiedo da quanto tempo non vedeva questa sua vecchia amica, quanti anni possono essere passati dall'ultima volta che si sono incontrate. Carlotta racconta che quando è rimasta incinta ha fatto delle ricerche, e ha scoperto che in Toscana, in questa comunità, è possibile celebrare il matrimonio secondo il rito della comunità. Allora lei e Luca hanno scritto un'e-mail al Maestro Spirituale e lui ha risposto subito, gentilissimo, "Saremo felici di avervi qui", gli ha scritto, il Maestro, "Per sancire in questa nostra Casa un grado di elevazione così alto nel cammino di fede che avete appena intrapreso".

Mi chiedo se questa fede è la stessa di quei tipi che mi è capitato di incontrare tante volte, a Roma e Milano, per strada, vestiti di una tunica e quasi del tutto rasati, con un piccolo codino e un'aria da esaltati. Non lo chiedo, ma i due sposi lo stanno giusto dicendo, fanno una battuta su quel modo di vestire, e dicono che sì, è quella, la fede che hanno abbracciato, ma che loro non hanno intenzione di diventare dei monaci, di abbandonare la vita normale, ecco, e che comunque, magari, un giorno, magari andranno anche loro, quando saranno pronti, a cantare per le strade le parole del fondatore, in giro con i confratelli.

Dicono anche che nel mondo c'è molto disordine, e che troppa gente vive senza uno scopo, soltanto per assecondare i propri desideri carnali, facendo sesso con chi capita e senza valori. 'Parole sante', penso, e sorrido, e ringrazio la birra, e la pace alcolica, sì. La futura sposa sta dicendo che lei rispetta tutti, ma che le droghe, la prostituzione e l'infedeltà stanno mandando il mondo allo sfascio. Mi viene voglia di dire molte cose, ma non lo faccio. Guardo Alice, che sta zitta e fissa la sua compagna di liceo. Non so perché, ma non riesco a non chiedere a Luca, lo sposo, se si è informato su cosa pensano i loro capi spirituali dell'omosessualità. Lui fa di sì con la testa, e mi dice, molto serio, che il corpo deve sempre seguire la natura, e che il capo fondatore, ai seguaci che gli avevano confessato di essere attratti da persone dello stesso sesso, aveva prescritto che si sposassero comunque "secondo natura", "Perché nessuno", mi spiega Luca, "Nessuno, tra un amore naturale e uno contro la natura, nessuno sceglierebbe mai il secondo". La sposa sorride, e annuisce, "Ha sempre funzionato, questo sistema", dice. Alice ha gli occhi ancora più spalancati, "Oddio, Carlotta", dice, poi non dice altro. Nemmeno Carlotta dice niente, nemmeno io: per qualche secondo c'è silenzio, poi Luca cerca di riprendere la conversazione, dice qualcosa su Berlino e Roma, sulla casa che hanno intenzione di comprare, in campagna, appena possibile. Io dico, non riesco a non dire, che per quel che mi riguarda, io avverto un bisogno, un bisogno fisico, di vivere in una grande città, nel centro di una città grande e caotica: più chiasso c'è, più gente fa casino intorno a casa mia, più tardi va a dormire l'ultimo degli ubriachi del mio quartiere, più sono sereno. Non sono sicuro di essere d'accordo con questo mio pensiero, ma averlo espresso mi fa stare bene. Gli sposi scuotono la testa, Luca fa una specie di sorriso, ma decidono di non commentare.

È una bella serata d'inizio settembre, davvero bella, e fa caldo ma non troppo, e questo locale è bene arredato, diciamo, confortevole, e gentili le cameriere, e buone le pizze, e c'è questo pancione, questa vita in arrivo, e nessuno vuole litigare. Io, soprattutto, non voglio litigare. Sto stringendo la mano di Alice, sotto la tovaglia, e ogni tanto scosto un po' la gonna, le accarezzo una gamba, sento la sua pelle liscia, calda, vorrei sentirne il sapore. La guardo, mentre lei guarda il pancione della sua compagna di liceo, e penso che in fondo è bellissimo, essere qui.

Pochi giorni dopo che ci siamo rincontrati, che siamo andati in pizzeria e poi a casa sua a fare l'amore e lei mi ha detto che aveva un fidanzato che in realtà era un quasi ex fidanzato, pochi giorni dopo, un pomeriggio, ha squillato il mio telefonino, ed è apparso un numero di Roma, e io ho indovinato subito chi era, assurdamente, l'ho come sentito. Una voce di uomo, "Sono il fidanzato di Alice", ha detto, come avevo previsto, e non potevo prevedere, e non sapevo cosa dire, e non ho detto niente, soltanto: "Sì", un sì che non voleva dire niente. Poi lui ha detto che si chiamava Francesco, e che mi voleva incontrare, al più presto, anzi subito, entro mezz'ora, se per me andava bene, perché aveva qualcosa di urgente da dirmi, entro venti o trenta minuti in piazza Sant'Eustachio, dietro il Senato, se per me andava bene, e io ho detto di sì, anche se avrei voluto dire di no, ma non ho trovato le parole, e ho pensato, anche, confusamente, che quell'uomo doveva essere matto, e che mi avrebbe magari insultato al telefono, o richiamato ogni giorno, più volte al giorno, o nel cuore della notte, più o meno ho pensato questo, in quel momento.

E ho lasciato l'ufficio così, all'improvviso e senza dire niente a nessuno, sono salito sul motorino e ho guidato verso il centro, dicendomi che non avrei dovuto farlo, che non aveva alcun senso.

"Io la amo", mi ha detto, subito, mentre ancora ci stavamo stringendo la mano, intorno a noi politici e portaborse, guardie del corpo, perditempo ministeriali, turisti e funzionari d'ambasciata, tutti in fila per il caffè più buono di Roma, "Io non metto in dubbio che tu sia una brava persona, e che ti sia infatuato di lei, e che tu non abbia cattive intenzioni, ma lei è la mia fidanzata, e io la amo".

Aveva gli occhi rossi, era alto e robusto, con una camicia color avorio, una giacca nera, una cravatta nera, ho pensato che aveva l'aria di avere tirato, e di non dormire da giorni, gli ho sorriso, gli ho chiesto che lavoro facesse, di cosa si occupasse, sperando non fosse un poliziotto, o un militare, e lui ha detto "Avvocato", e ha chiamato il cameriere con una specie di urlo, e subito ha ricominciato a dire che l'amava, che avevano avuto dei problemi, lei e Alice, come succede, ma niente di grave, e che gli dispiaceva avermi fatto andare fino a lì ma aveva voluto essere chiaro, per evitare problemi, per mettere tutto in chiaro, perché la sua posizione fosse chiara, e poi ha bestemmiato, e ha detto che era difficile, con quella ragazza, che era una ragazza difficile, che aveva dei problemi, che io non sapevo, ma che lui la stava aiutando, che lui l'amava davvero, e che lei aveva bisogno di lui, in realtà, e che comunque lui era una persona tranquilla, come dimostrava quell'incontro, quel caffè che stavamo prendendo insieme, da persone civili, tranquille e civili, e che sapeva che non poteva accusarmi di niente, in fondo, perché non ci eravamo mai conosciuti, prima di allora, ma che insomma adesso sì, si poteva dire che ci eravamo conosciuti, adesso, e io sapevo come stavano le cose, adesso, e sicuramente avrei capito, mi sarei comportato come era giusto. Poi è stato zitto, all'improvviso, come svuotato, ha bevuto il caffè, ha guardato l'ora, e sembrava aspettarsi che io dicessi qualcosa.

'Devi avere tirato davvero tanto, ultimamente', ho pensato, 'E dormito davvero poco', ho pensato, e, certo, mi dispiaceva per lui, in qualche modo. Era alto, robusto e bello, con un bel viso e degli occhi grandi, accesi, e sembrava un vincente, in qualche modo, e stava soffrendo, però stava cercando di reagire, di essere attivo, di non farsi sopraffare dagli eventi. Era una tigre in gabbia, nervoso e impotente, ma stracarico di energie, e doveva avere letto qualche manuale americano, qualche guida per le situazioni difficili, per le crisi nella coppia, "Come affrontare il tuo rivale sentimentale in modo efficace e dinamico, e dominarlo verbalmente"; la colpa non era mia, come aveva detto lui, la colpa non era di nessuno, era una fase negativa, un problema ciclico, una negatività che bisognava affrontare, e superare, chiaro.

'Purtroppo no, non siamo due avversari', ho pensato, 'Io non ti conosco e non c'entro niente con te', ho pensato, e mi sono ricordato di un romanzo, ma in maniera confusa, o forse era un film: una storia in cui il narratore diceva, più o meno, che quando si è andati a letto con la stessa donna, tra due persone si è creato un legame, al di

là della propria volontà si è creato un filo. Avere "congia-
ciuto", essere "congiaciuti", una cosa simile, diceva il
romanzo, o il film, avere provato, entrambi, una grande
intimità con la stessa donna. 'Addio, mio congiacente', ho
pensato, 'È ora di tornare in ufficio, adesso', ho pensato,
e mi sono alzato, così all'improvviso, e gli ho detto, in
gran fretta, che incontrarmi con lui era stato un piacere,
un vero piacere, e che gli auguravo buona fortuna, e gli ho
offerto la mano per una stretta di commiato, lui mi ha
dato la sua stando seduto, e socchiudendo gli occhi come
a chiedersi, e chiedermi, cosa stesse succedendo, come
indeciso su come agire, preso in contropiede, poi si è alzato, era più alto di me di quindici centimetri, era alto, e ha
detto: "Ci siamo capiti, allora?", così ha detto, e non mol-
lava la stretta di mano, e io non ho detto niente, ho strap-
pato la mia mano da quella di lui, Francesco, il congiacente, e sono andato via.

   "Beati loro, che sanno", mi dice, Alice, "Beati loro che
hanno visto una luce, e avuto tutte le risposte". Lo dice
con un tono neutro, e non riesco a capire se è una frase
sarcastica, o se davvero ha voluto dire che c'è da invidiare quei due, i promessi sposi e novelli credenti. 'Entrambe
le cose, forse', penso, 'Che cosa resterà di me, del transi-
to terrestre?', mi viene in mente, e anche che il giorno
della fine non mi servirà l'inglese, non servirà a nessuno,
consulente aziendale o avvocato, pubblicitario o biologo,
nessuno.

   Il messaggio che ho ricevuto sul telefonino, questo pomeriggio, e che non volevo leggere, il messaggio diceva:
'Sei un bastardo', era firmato Francesco.

Le opinioni che ho sentito nel mio paese, quando ero ragazzino, mentre crescevo, tutte le opinioni che ho sentito negli anni, mille volte, sulle donne, l'amore, la fedeltà e il tradimento, il farsi valere, il non avere paura, il possesso e il coraggio, le ho cancellate tutte, io, nella mia testa, una ad una, le ho analizzate e le ho trovate tutte sbagliate, tendenzialmente tutte sbagliate, presuntuose e sbagliate, categoriche e sbagliate: le ho cancellate, e al loro posto non ho trovato niente da metterci.

E una sera, mentre stavo cenando con dei colleghi in una pizzeria di via Oslavia, e c'era anche il nostro capo venuto da Milano per incontrare un cliente importante, ed ero un po' ubriaco e stavo facendo l'imitazione di un collega che era appena andato in pensione e tutti ridevano, e mi dicevano che ero bravissimo, a imitarlo, e brindavamo al pensionato e alla sua fortuna, quella sera, verso le undici, mi ha chiamato Alice, ed erano tre giorni che non la sentivo, aveva una voce spaventata, si sentivano delle urla, da lei, dei rumori di porte sbattute, e mi ha detto "Puoi venire a prendermi, subito?", e io le ho chiesto dove, e cosa stava succedendo, e lei mi ha dato l'indirizzo, una stradina vicino a piazza Trilussa, e mi ha detto di non andare con la mia macchina, di prendere un taxi, e di farle uno squillo quando fossi arrivato, e così ho fatto, ho preso un taxi e sono andato lì, ho fatto squillare il suo telefono e ho detto al tassista di parcheggiarsi, e quando lui ha spento il motore ho sentito le urla, "Bastardo", "Maledetta", la voce di lei e quella di un uomo, e piatti che si rompevano, "Troia", "Idiota", e bicchieri che si rompevano, e a me veniva quasi da ridere perché ero abbastanza ubriaco, e la scena era proprio da film, "Sei matta, sei una maledetta matta", si sentiva, c'era gente che si fermava per strada a guardare verso il secondo piano di quel palazzo, ad ascoltare quelle urla di litigio, "Coglione, coglione, coglione", e oggetti sbattuti, e io ero lì e non sapevo cosa fare, poi da una delle finestre dell'appartamento è volato fuori un posacenere, pesante e grosso, e ha mancato di pochissimo un passante e ha centrato il vetro di una macchina parcheggiata e l'ha frantumato e l'antifurto ha iniziato a suonare e il tassista ha bestemmiato e si è girato verso di me e mi ha detto che lui non aveva intenzione di restare lì a beccarsi un vaso di fiori sul parabrezza e che la città era piena di matti che sarebbe stato meglio mettere in manicomio e che lui non voleva casini e che assolutamente se ne sarebbe andato e che quindi scendessi dal suo taxi, e io stavo per rispondergli qualcosa ma proprio in quel momento Alice è uscita dal portone del palazzo, il viso avvolto in una sciarpa di seta, una lunga gonna nera, sandali e magliettina, è salita sul taxi e io ho detto all'autista di partire, subito, e gli ho dato l'indirizzo di casa mia, e quando ho abbracciato Alice e ho provato a baciarla lei si è tirata indietro e ho visto che aveva un livido, proprio sopra l'occhio destro, e piangeva e non diceva niente, e le ho stretto la mano, piano, e gliel'ho baciata, la sua mano, soltanto quella, e le ho detto di stare tranquilla, che andava tutto bene, di stare tranquilla, e le ho baciato la mano, e il tassista ci ha guardato dallo specchietto ma non ha detto niente, scuoteva la testa, soltanto.

C'è caldo, stamattina, ho messo la camicia di lino bianco che ho comprato in spiaggia, con Alice, il mese scorso, mi lego i capelli e lei dice che sono perfetto, come infiltrato nella setta, che potrei passare per un fedele, lei ha una gonna bianca con i fiori blu, una maglietta azzurra, i brillantini sugli occhi, siamo due perfetti figli dei fiori nel paradiso della pace e della serenità, prima di uscire fumiamo, ma poco, e molto leggero, e ci diamo dei baci.

Non è che non ci ho pensato, a Ilaria, la mia ex fidanzata di cinque anni, dopo che ci siamo lasciati, non è che non ci abbia pensato moltissimo, tutti i giorni, e dolorosamente: è che non trovavo più niente da dirle, mi sembrava ci fossimo già detti tutto, fino all'ultima parola, che non ci fosse niente altro da aggiungere.

Non c'è lo scambio degli anelli, però gli sposi si legano le mani a vicenda con un drappo rosso, e recitano una formula d'amore eterno e indissolubile, non c'è la domanda del sacerdote, "Vuoi tu Luca prendere Carlotta come tua sposa" eccetera, però è lo stesso: il Maestro Spirituale fa un sermone lunghissimo in cui dice che è necessario donare l'amore al Signore, e che la fedeltà è il più grande dei regali e che la passione svanisce, ma resta il conforto, l'aiuto che ci si presta, e si cresce nella fede in un triangolo con l'Essere Superiore e la sua bontà.

Sono frasi che ho sentito mille volte, le mille volte che si sono sposati i miei zii e i miei cugini, mi chiedo quanto il Maestro stia barando, quanto stia cercando di aggiustare questa funzione di rito indiano per piegarla agli standard occidentali, quanto stia cercando di rendere questo matrimonio familiare e accettabile per i parenti della sposa, quelli di lui non sono venuti.

'Beati loro, che hanno tutte le risposte', mi viene in mente.

L'ho seguito, quel giorno che ci siamo incontrati, l'ho salutato in piazza Sant'Eustachio e ho finto di andare in direzione opposta alla sua ma poi ho corso fino a raggiungerlo, e ho preso la targa del suo motorino, e l'ho fotografato, anche, il mio congiacente, con il cellulare ho scattato una foto del suo viso, e sono andato da un mio amico che lavora per un'agenzia di investigazioni, e gli ho detto di darmi tutte le informazioni che poteva su quell'uomo, e lui l'ha fatto.

Carlotta ha un vestito rosso tutto veli, ricami e lustrini, lui ha una tunica dorata e molto pesante, così sembra, immagino stia morendo di caldo, il povero sposo, siamo nella sala delle feste di una vecchia grande villa toscana del Cinquecento, un lascito di qualche fedele, mi dico, ristrutturata come un tempio indiano: ci sono quadri dai motivi indiani e lampadari dalle forme indiane e una statua a grandezza naturale del fondatore della comunità.

È qui accanto a me, il fondatore, in posizione di meditazione e con la testa del tutto rasata, una statua inquietante incorniciata di drappi rossi e festoni dorati. Nella sala ci sono una ventina di fedeli, uomini e donne con l'aria estatica, cantano canzoni sacre e ripetono le preghiere che il Maestro recita per primo, invocano il Signore e la purezza dell'amore, così mi è sembrato di capire.

Non mi ha mai detto niente, Alice, di cosa è successo nell'appartamento vicino a piazza Trilussa, del suo livido e del posacenere, niente, nemmeno una parola.

Va allo stadio, tutte le domeniche, con un gruppo di vecchi amici del liceo, gioca a squash, lavora nello studio di uno zio; all'università ha fatto politica, poi ha smesso, il padre ha un tabacchino, prima di Alice ha avuto una fidanzata che un giorno l'ha denunciato per violenze private e tentato stupro, poi ha ritirato la denuncia. "Degli amici dello stadio è meglio che non ti dico niente", mi ha detto, il mio amico investigatore, "Immagina il peggio, e ci sarai vicino", mi ha detto, poi mi ha fatto vedere delle foto di quelli lì, i suoi amici ultras, e ho capito che aveva ragione. "Non è una persona che frequenterei", mi ha detto, il mio amico, "E soprattutto non è la persona che vorrei si fidanzasse con mia figlia, se ne avessi una", mi ha detto, e si è messo a ridere, poi ha visto che io non ridevo, e ha smesso.

Al centro, tra gli sposi e il Maestro, c'è una specie di pira dove, ci viene spiegato, il Maestro ora accenderà un fuoco, purificatore e benaugurante, la legna comincia a bruciare e il caldo diventa ancora più forte, insopportabile, ci saranno quaranta gradi, qui dentro, e gli sposi e gli invitati buttano tra le fiamme riso e grano, e frutti, come offerta, credo, sudano e sorridono e buttano nel fuoco le offerte della terra, mi alzo ed esco, sto svenendo, troppo caldo, mio Dio, esco e prendo aria, il bosco della villa mi aiuta, ci sono monaci che passeggiano, calmi e lenti, e pavoni e gatti, uno splendido giardino toscano e una splendida vista sulle colline di San Casciano.

'Se ha mandato questo messaggio a me', mi dico, 'Deve averne mandato uno anche a lei', guardo Alice che mi guarda, dalla sala, anche lei butta del grano nel fuoco sacro, mi fa una smorfia come a dire che non ne può più, di questa cerimonia, mi chiedo se si sentono, lei e Francesco, qualche volta, o spesso, o tutti i giorni, o più volte al giorno, mi chiedo se gli ha detto che sarebbe andata a un matrimonio indiano, e cosa può avere detto lui, mi chiedo cosa dovrei fare, e so che non posso fare niente: lei mi ha detto che si sono visti solo un paio di volte, dopo quella notte di piazza Trilussa, delle grida in strada e del posacenere volato dalla finestra, lei mi ha detto che non è facile, lasciare uno come Francesco, fargli capire le cose, che lui non ascolta, che io non posso immaginare, davvero, e infatti io non posso, e non voglio, e non so, in ogni caso, non so.

"Io non ce la faccio più", mi giro, è il fratello di Carlotta, "Io in chiesa non ci entro mai, nemmeno quando si sposano i parenti, mi prende male, sentire le prediche, ma qui è peggio, non finisce mai, questa messa", mi dice, ha gli occhiali da sole e la camicia rosa e una giacca aderente, si vede il sudore sotto le ascelle, sulla pancia, il viso è tutto sudato, si sta asciugando con un fazzoletto, sbuffa, "Almeno questi hanno l'uniforme estiva", mi dice, e indica un gruppetto di monaci che mangiano qualcosa da un piatto di carta, seduti sotto un ulivo con il loro saio leggero, "Sai qual è la cosa peggiore?", mi dice, gli chiedo cos'è, la cosa peggiore, e mi chiedo se ci può essere qualcosa di peggio dei quaranta gradi della sala, del fuoco sacro e delle canzoni indiane, mi chiedo cosa direbbe mia madre se le annunciassi che mi sposo con rito indiano, che facce farebbero zio Rinaldo e zio Mariano se la loro figlia si sposasse in una villa toscana con venti tipi che invocano la benedizione di una statua drappeggiata d'oro cantando canzoni in una lingua incomprensibile, senza un sacerdote e senza un crocifisso, immagino mio padre, se mia sorella decidesse una cosa così, immagino tutti i miei parenti, uno ad uno, il loro sarcasmo silenzioso e il loro disagio, mi chiedo perché non riesco a non trovare tutto ridicolo, questi vestiti colorati e questi italiani travestiti, queste formule sacre di un altro continente e l'aria pacifica e dolciastra del Maestro, il suo tono da prete del mio paese, mi chiedo se la madre della sposa sta sforzandosi di non ridere o di non piangere, se tutta questa scena sembri anche a lei maledettamente ridicola o se è arrivata a pensare che una fede vale l'altra purché ci sia l'amore e una promessa solenne di eternità dell'amore: l'eternità, l'indissolubilità, per sempre, da oggi e fino alla fine dei miei giorni, con te e soltanto con te, quanto abbiamo bisogno di crederlo, quanto ci consola, nell'ottima sorte e nella cattiva, anche quando saremo ingrassati, annoiati, stanchi l'uno del corpo dell'altra, anche allora per sempre il nostro amore.

Mi chiedo se gli sposi sono davvero convinti di quello che hanno fatto, di questa loro fede, o se sono andati troppo veloci, dalla scoperta di quel libro a oggi, e se stanno cercando di convincersi di quello che fanno mentre lo fanno, se tra cinque anni troveranno in salotto i filmati di questa giornata e li guarderanno e rideranno per la follia che li aveva presi, mi chiedo cosa sta pensando Alice, e se mi ama, e se io la amo, e dov'è Francesco, l'avvocato energetico, il mio congiacente o ex congiacente.

"La cosa peggiore è che a pranzo non potremo bere niente di alcolico, nemmeno un bicchiere di vino", mi dice, il fratello della sposa, ed è davvero dispiaciuto, scorato, disperato, "Nemmeno un po' di spumante per il brindisi", mi dice, "Sono meglio i preti", mi dice, "Non so come la pensi tu, ma secondo me, con tutti i loro difetti, con tutto che non lavorano, e a me la gente che non lavora non piace, con tutto questo ugualmente secondo me sono meglio i preti, di questi qui", mi dice, e mi viene da ridere, poi mi giro e lo vedo, l'avvocato ex fidanzato, eccolo qui, alto e abbronzato, atletico e benvestito, sta scuotendo la testa e sorridendo, non è proprio un sorriso, una smorfia sarcastica, vedo Alice che arriva veloce e sta per dire qualcosa e io sono in mezzo, esattamente a metà tra i due, entrambi stanno camminando verso di me, o forse no, forse stanno andando l'uno verso l'altra e io sono semplicemente in mezzo, in un punto che sta esattamente a metà della distanza che li separa, e in ogni caso io sono fermo e loro camminano, si avvicinano; guardo l'una e l'altro, lui è il primo a parlare e non parla, grida, grida che lei deve stare zitta, "Stai zitta", grida, "Stai zitta", e bestemmia, e mi ha raggiunto e superato ed è già addosso ad Alice e le dà uno schiaffo, forte, poi un altro, sento il rumore della mano sulla guancia, sta gridando che deve stare zitta e andare con lui, io mi butto contro le sue spalle, che sono grandi, gli do una spinta, più forte che posso, non riesco a buttarlo giù, non riesco a fargli niente, si gira, Francesco, il mio congiacente, socchiude gli occhi e mi dice che adesso tocca a me, e mi da un pugno fortissimo, in pancia, e io mi piego in due, mi si spacca la pancia, mi si sta rompendo la pancia, e non vedo più niente, sento solo che sta gridando che mi ammazza, anzi che non mi ammazza, che non si sporca le mani con uno come me, e che adesso se ne andranno da questo posto di rincoglioniti e torneranno a Roma e non vuole sentire niente, così grida, io sento le orecchie fischiare e sono per terra, piegato in due, e sento del sangue in bocca, mi sembra, e vedo due monaci che vengono verso di me, e il fratello di Carlotta che mi dice qualcosa, e il Maestro che è uscito dalla sala della cerimonia e chiede cosa succede, e un pavone che passeggia, e un gatto che prende il sole, e poi non vedo più niente, svengo, adesso, e basta.

Sud

Apre la finestra convinto che sia ancora pomeriggio, quell'ora del giorno che si avvicina alla prima sera, è quasi il tramonto, invece, ha lavorato almeno tre ore; guarda l'orologio, sono le otto: la luce che entra nella stanza è la più dolce che si può immaginare, la luce vera di un'isola del Sud quando l'estate ancora non uccide di afa, quando la città festeggia la sua bellezza con i suoi abitanti e pochi viaggiatori veramente innamorati di questa terra.

Ha lavorato tre ore, zitto e solo, lottando perché ogni frase trovasse il suo posto, ogni pensiero; all'improvviso si sente stanco e vuoto, nessuno ha chiamato per uscire con lui, Mila non ha chiamato, sono dieci giorni che non lo chiama; potrebbe scendere da solo fino al bar con i tavolini all'aperto, fare quattro chiacchiere con i camerieri, ma gli sembra che sarebbe come accettare una sconfitta, la sconfitta di sempre.

I gabbiani strillano forte, oltre la finestra; ieri sera il ragazzo ha presentato il libro di un amico in un paese vicino, hanno cenato in compagnia di un vecchio narratore locale generoso e avanti con gli anni, lui ha mangiato in silenzio, stanco dei discorsi di sempre sui paesi che muoiono copiando il peggio delle città, le macchine veloci e la mancanza di rispetto e le amicizie che muoiono subito.

Accende una sigaretta e la fuma affacciato alla finestra, i tetti rossi e il campanile giallissimo del suo quartiere come incantato, fermo nel tempo, sente qualcosa, dentro, che lo farebbe piangere, se non fosse abituato a stare da solo e a tirare avanti con le sue storie.

Pensa a una ragazza lontana e al pomeriggio in cui si sono incontrati sotto il sole di Napoli, a come si sono abbracciati forte senza sapere dove li avrebbe portati, quell'abbraccio; pensa alle mille volte in cui si sono baciati sugli occhi e sulle mani; al loro amore subito perfetto e senza regole che ha escluso le paure del futuro e della lontananza, a quanto è durata, poi, quella lontananza, a come si è fatta sempre più dura e pesante, fino a questo pomeriggio in cui Mila è solo un'ipotesi di compagnia impossibile, lontana mille chilometri, portata via dalla passione per la sua arte e dai provini andati bene e dalla scuola più importante d'Europa; pensa ai loro centomila discorsi sulla schiavitù dell'arte e sulle vite possibili nella loro terra o lontano da lì, sul coraggio del restare e dell'andarsene.

'È un tardo pomeriggio da cartolina', gli viene in mente mentre il telefono si decide a squillare; 'È un pomeriggio da città del Sud, *sotto la luna che arriva i gabbiani can-*

tano storie d'amore a chi li vuole sentire'; se gli fosse venuta un'ora fa, una frase così, sarebbe finita nella storia che ha appena finito di scrivere, un vecchio attore malato e una cameriera bellissima dal nome fatale, e sabbia e palme, ma adesso è tardi, adesso le frasi sono per lui, per la vita vera.

Risponde al telefono deluso di sentire una voce di uomo, è il suo nuovo amico e collega, un giornalista dieci anni più grande di lui, solo come lui, gli propone una pizza, il ragazzo accetta subito; 'Amico mio', gli dice nei suoi pensieri, 'Non siamo fatti per questa città, non ne abbiamo i sorrisi e l'allegria e la voglia e la forza di essere amici di tutti, io no, perlomeno'.

"Nelle città di sole s'incontrano i passi traballanti dei matti abbronzati", scrive la frase su un foglio, sotto quella dei gabbiani e della luna; 'Sto diventando un poeta', si dice, 'Un poeta da quattro soldi, come tutti i poeti, di poesia non si vive, la poesia non la legge nessuno, come una droga regalata e non voluta, dagli effetti rattristanti che nessuno cerca'.

"Dio mio", grida il ragazzo al tramonto e ai vecchi tetti, sente qualcosa che gli trema, le mani o la testa, sceglie una camicia leggera, un paio di pantaloni, va verso la doccia; a metà strada gli torna davanti, di nuovo, il viso ridente della donna lontana che amerà per tutta la vita, i gabbiani gridano forte, là fuori, più forte che mai.

El Presidente

C'era un caldo infernale e questo soprattutto la faceva soffrire, maledetto clima insopportabile, uno Stato senza importanza del Sur del mondo, caldo a ogni ora, tutti i giorni, ogni mese dell'anno, un caldo che faceva respirare a fatica, camminare a fatica, pensare a fatica.

El calor, el gran calor jodido, questo soprattutto la faceva soffrire, siempre, lei che era cresciuta in una casa esposta ai venti di Roma, tutta terrazze e balconi e gerani e rampicanti, e il fine settimana al Circeo e l'estate in un'isola di sogno davanti all'Africa; non c'era niente di bello nel posto in cui viveva adesso: né rovine antiche o medievali né musei o gallerie importanti: soltanto sceneggiati televisivi e corruzione, amor y guitarras, traffico e poveri; e il caldo, siempre; e odore di corpi e sudori e fiori appassiti e polvere e fango e fumo stagnante.

Si chiamava Linda ed era cresciuta come si deve crescere: silenziosa, educata e pulita, una bella bambina che prende buoni voti, gioca a tennis e studia il pianoforte; nessuno avrebbe potuto prevedere che un giorno sarebbe diventata quello che era adesso: una delle sudatissime amanti di quell'uomo, e un viso conosciuto della televisión di quel piccolo Stato di palme e cactus, di caldi assoluti e rivoluzioni sempre minacciate, annunciate, sventate.

Era ancora bella, come da bambina, ma non era una bambina, non aveva più nulla in comune con la niña che era stata, e lo capì in quel momento, per la prima volta formulò quel pensiero: che era diventata una mujer grande e perduta, o soltanto grande, 'Nessuno si perde mai davvero e per siempre', pensò, 'Non sono e non sarò mai più la piccola, educata, asciutta niña del mio Paese, ma ugualmente non sono perduta, no estoy perdida, e perché mai?', in quel momento lui aprì l'astuccio e il velluto si mostrò ai suoi occhi, e quel nuovo regalo, un bracciale ancora, tutto scintillii sfrenati e diamanti e diamanti.

Il sei volte Presidente del Consiglio dei Ministri, il Commendatore Álvaro Fernández Rojas, el hombre più ricco e famoso e potente del Paese, il più importante in tutta la storia del Paese, dall'arrivo dei viceré ispanici a quella mattina, alto magrissimo e irascibile, il più odiato politico di sempre, e amato alla follia e studiato e interpretato e maledetto e inquisito e prosciolto e copiato e adulato e ritratto e intervistato e riverito; 'Io ti amo', pensò di dire a quell'hombre, perché era vero, lei lo amava,

'Te quiero', pensò di dire, ma non lo disse, "Sei bellissima", disse invece lui, ma questo non significava molto: lui non era bellissimo, no, questo no, e aveva l'ossessione di sembrarlo, bello, o giovane, qualcosa così, ancora un po', ma non ci riusciva.

Lei invece sì, era bellissima, questo lo sapevano tutti, nello Stato e in quelli vicini: lei era una delle più straordinarie bellezze che la televisión di quel continente avesse mai lanciato nel firmamento, era una bellezza da togliere il fiato: italiana, colta, educata, alta e formosa, occhi verdi e capelli rossi; "la Signora della televisión", così la chiamavano, tutti, oppure "Linda", il suo nome vero che non aveva avuto vergogna di tenere per il successo, per la notorietà che a un certo punto era arrivata, sempre più grande, incontenibile, "La hermosísima Linda", scrivevano i rotocalchi, "la Italiana", anche, scrivevano, le riviste per il pubblico della tv.

'In fondo io ti amo davvero', pensò di dire a quell'uomo, anche se sapeva di non doverlo fare, che non era giusto, che in questo modo gli avrebbe dato ancora più forza, più potere su di lei; l'aveva imparato molto presto, nella vita, che tra un uomo e una donna sempre è anche una lotta di potere, chi ne ha di più e chi di meno, chi fa soffrire chi, e lì soprattutto, in quella parte di mondo calda e spietata, sudata e crudele, e sapeva che spogliarsi, mostrarsi davvero, "Io ti amo", che questo si poteva fare molto di rado, e non con uomini così, non con El Presidente, proprietario della televisione che l'aveva lanciata e della casa di produzione dei film in cui recitava, di una squadra di football e di una fabbrica di bibite gassate, di un immenso ranch e di una linea di abbigliamento sportivo, non era lui l'uomo giusto con cui spogliarsi davvero, a cui confessare il proprio amore, questo certo no.

"Lo sai cosa non sopporto, di questi signori?", chiese, e lei lo sapeva: niente, sopportava, di loro, niente, avrebbe potuto parlare per due ore, El Presidente, di quello che non sopportava di loro, di quei maricones, di quei maledetti, di quei cretini, di quegli infantili odiatori di professione; le conosceva a memoria, quelle sfuriate, quelle tirate che lo rendevano teso, corrucciato, irato, e poi lei doveva faticare un'ora per farlo calmare; "Sono invidiosi, questo soprattutto non sopporto, questo modo di non darsi pace perché qualcuno può avere quello che loro non avranno mai, e allora architettano qualunque cattiveria pur di guastare il benessere altrui, il mio soprattutto, ed è soltanto perché loro questo benessere non ce l'avranno mai, nella vita", disse, mentre le sistemava il braccialetto al polso, "E non ce l'avranno mai perché non lo meritano, o perché hanno passato troppo tempo a macerarsi in teorie assurde, invece di lasciare perdere le parole e dedicarsi a un progetto, vivere nel mondo così com'è ed è sempre stato, senza straparlare di come potrebbe essere".

Fece di sì con la testa, un paio di volte, poi si rese conto che non ce n'era bisogno: era partito, e non restava che ascoltare e aspettare che finisse, come facevano i conduttori dei talk-show dove andava ospite almeno una volta alla settimana, a parlare di qualunque cosa e soprattutto di se stesso, delle sue intuizioni, del suo buonsenso, del suo coraggio e del suo successo, del suo straordinario, incredibile successo, di quand'era giovane e lavorava come un matto, del suo coraggio imprenditoriale, del suo amore per l'innovazione, del suo essere sempre qualche metro davanti agli altri, della sua dedizione all'impresa, al Paese, alla famiglia e ai valori; "Sono invidiosi di tutto, sono degli odiatori, se vedessero questo gioiello, lo odierebbero; e odiano te, naturalmente, perché sei così hermosa", "Certo", disse lei, "È bello, eh?", chiese l'uomo, e indicò il bracciale.

Gli luccicava il sorriso, e gli zigomi gli si tirarono, 'Era meglio prima', pensò la donna, 'Prima dell'intervento, come ha fatto a non capirlo?, come fa a non capire che il tempo che passa gli sta bene, lo fa essere vero, che i segni delle vittorie e delle notti insonni sono una parte di lui, perché non gli dicono la verità, quei maledetti leccapiedi che gli stanno sempre appresso?'

Pensò di nuovo di dirgli che lei lo amava, che la cosa era assurda ma non c'era niente che si potesse fare, era così: lui era un sessantacinquenne e lei aveva meno della metà dei suoi anni, lui non era bello e lei sì, moltissimo, eppure stava bene con lui, quando riuscivano a passare più di un'ora da soli e lui dimenticava i problemi della politica, e rideva e la faceva ridere; quando stavano sdraiati sul divano e le raccontava le barzellette, o le storie buffe sui presidenti americani o sull'ambasciatore italiano, sulle stelle del tango e sui maghi della finanza; quando si metteva al pianoforte e le cantava i versi di Gardel o qualche canzone romantica di Domenico Modugno e Claudio Villa, con quel suo accento latino e i suoi sorrisi aperti, grandi, con quella sua contentezza contagiosa, con quella leggerezza che sapeva avere con lei; quando giocavano a tennis e lui sudava e diventava tutto rosso in viso e le diceva che era una principessa, la più bella europea che avesse mai degnato della sua presenza quel piccolo Stato periferico; quando si dimenticava di essere El Presidente, e di avere dei nemici che lo odiavano, milioni di nemici, e di dover salvare el País dai fannulloni e dai pessimisti, dagli scettici e dai casinisti; quando usciva da quella parte antipatica, e che persino lei ogni tanto non poteva che trovare antipatica, e si dedicava soltanto a lei, alla sua Princesa, a fare il galante e lo spiritoso, allora lei lo amava, e basta.

"Lo sai perché non riesco a mollare?", disse, "Per i miei figli, perché non posso pensare che crescano in questo clima di odio, con quei maledetti odiatori al potere"; un paio di anni prima lei era rimasta incinta, di lui, del Presidente, e in quel momento le venne in mente che adesso il loro figlio, se lei non avesse abortito, sarebbe stato grande abbastanza da andare all'asilo, e si intristì un po', e pensò che avrebbe fatto meglio a non andare, da lui, quel giorno, che si era svegliata con una strana sensazione di malinconia, che aveva fatto colazione controvoglia, aveva ascoltato un concerto di Bach e sfogliato un libro d'arte, e non era riuscita a stare meglio né con la musica né con i quadri; poi pensò che se non avesse abortito subito, senza dire niente a nessuno, di nascosto e all'estero, come andava fatto e come aveva fatto, se in qualche modo El Presidente avesse saputo di quella cosa, lei non sarebbe mai più stata invitata in quel Palacio, su quel divano, sicuramente no.

Poi pensò che quella che aveva appena sentito era una bugia, la bugia che si raccontano tutti i drogati: "Se volessi, smetterei", e lui la trasformava in questo, la ammantava di amore per i figli: "Se non fosse per loro, smetterei subito"; invece no, era un inganno: lui non smetteva perché non poteva, perché il potere era una droga, perché la battaglia era una droga, e lui c'era dentro fino all'ultimo dei suoi capelli bianchi, c'era dentro completamente; lui non poteva smettere di lottare, o avrebbe sentito il peso dei suoi anni, all'improvviso, e ne sarebbe stato schiacciato.

Ne aveva conosciuti tanti, Linda, di drogati di quella droga, e suo padre era uno di questi; suo padre era stato un politico non molto importante, ma questo non contava: aveva lottato anche lui, per trent'anni, tra elezioni e alleanze, incarichi importanti e cadute in disgrazia, e l'aveva fatto perché amava gli altri, stare con gli altri, ascoltare le richieste di tutti, darsi da fare per esaudirle, e avere la loro fiducia e il loro affetto e la loro compagnia e non stare mai da solo; lo aveva fatto per guadagnare dei soldi, anche, e avere dei privilegi ed essere temuto, ma questo era soltanto una parte della questione, e lei lo sapeva, così come sapeva, Linda, che non contava il livello a cui si combatteva, ma il demone che muoveva alla battaglia: il bisogno, fisico, di sentirsi importanti, dentro le cose del mondo, con la possibilità di muovere le leve, alcune, almeno, di indirizzare gli eventi, e comunque di esserne sempre parte e non starne mai fuori.

"È gente che non ha un mestiere", disse El Presidente, "Giornalisti, sindacalisti, persone che prendono uno stipendio per rappresentare chi lavora davvero; dei parassiti, questo sono, come possono credere che io non abbia a cuore i miei lavoratori?, o che non ce li abbiano gli altri industriali?, come se non dipendesse da questo, dal lavoro e dai lavoratori, il loro benessere, il nostro benessere, come se io potessi non avere a cuore la gente che mi ama".

'È la stessa identica storia', pensò Linda, 'A Roma e a Napoli esattamente come qui', guardò El Presidente e pensò che in tutto il mondo l'adrenalina aveva più effetto di qualunque tonificante, consiglio medico o trattamento chirurgico, che era questo a tenerlo giovane, vivo e allegro; poi pensò che doveva essere terribile, essere odiati da lui, averlo come nemico, in quel Paese; che con lei era un uomo dolce e quasi sempre leggero, ma che per i nemici doveva essere un incubo, l'incubo più grande della loro vita.

Poi pensò che quando lui non riusciva proprio a smettere di parlare, come adesso, voleva dire che le cose non stavano andando bene, per niente bene, e che lui lo sentiva, nonostante l'ottimismo obbligatorio dei suoi collaboratori e la loro propensione a filtrare qualunque notizia perché la realtà fosse sempre abbastanza vicina ai suoi desideri; e in effetti erano dieci giorni che non lo vedeva e quella mattina si era molto stupita, Linda, della telefonata del segretario, di quella convocazione al Palacio per l'ora di pranzo; stupita che lui avesse voglia di vederla con tutto quello che stava succedendo nel Paese.

'O forse è proprio questo, il motivo', si era detta subito, spietata, perché lo sapeva: lei era una distrazione possibile, un'ora rubata al lavoro, alle tensioni, ai problemi; là fuori c'erano migliaia di lavoratori infuriati, proprio davanti al Palazzo, con i loro cartelli inveleniti e i loro cori feroci; erano lì e gridavano contro la policía e il governo e lei veniva portata nelle stanze personali del Capo di quel governo, su un'auto scura e con due guardie del corpo a scortarla, con la massima riservatezza e una bottiglia di champagne ad attenderla; lei veniva portata lì come una terapia, una regale distrazione, un ansiolitico vivente: lei era la mujer più desiderata del Paese, e più il Paese sembrava nel caos, più lei poteva aiutare il suo Capo a non pensarci, a ricaricarsi e a tornare calmo, forte, sicuro, e lei lo sapeva.

"Io li ho fatti arrestare perché hanno bloccato le fabbriche del Paese", disse, "E questo è un attentato allo Stato, è chiaro; questo è un atto sovversivo, chiunque sia a compierlo, un deputato come un sindacalista, io non potevo fare altro, è chiaro", disse. Poi stette zitto, e sbuffò. "Bloccano le fabbriche, Cristo, non è possibile, vogliono distruggere l'economia, la produzione, vogliono mettere la nazione in ginocchio", chiuse gli occhi, se li massaggiò con le dita piegando la testa in avanti, poi la tirò su e sorrise, "Scusa", disse, lei rispose che non doveva scusarsi, ed era vero: lui non doveva scusarsi.

Lui non doveva fare o dire niente. Per la precisione: poteva fare o dire quello che voleva, non soltanto con lei, in quel divano presidencial del Palacio presidencial, con chiunque, in tutto il Paese. Almeno fino a quel giorno era così che era andata, da una decina d'anni almeno. Soltanto: sembrava che adesso le cose stessero cambiando, e molto in fretta: da una settimana le fabbriche erano in sciopero e l'estrazione del petrolio andava a rilento e la sera prima El Presidente aveva fatto arrestare due capi del sindicato, e l'opposizione era scesa immediatamente in piazza, più numerosa che mai, e si diceva, persino lei l'aveva sentito dire, che ci fosse del malumore nell'esercito, e che qualcuno, nel governo, pensava che questa volta lui avesse esagerato.

Ma a lei la politica non importava, non le era mai importata e non le importava nemmeno quel giorno: suo padre le aveva sempre detto di starne lontana, sin da bambina, sempre, e lei aveva visto che effetto produceva su di lui, sulla loro famiglia, la politica, e aveva sempre seguito quel consiglio.

Aveva avuto molte esperienze, nella vita, aveva vinto un concorso di bellezza, scritto una poesia malinconica che era molto piaciuta a un suo professore, posato seminuda per un calendario per camionisti, studiato il francese, recitato in alcune fiction di successo, intervistato un regista americano per un programma televisivo della domenica, amato un calciatore brasiliano, cantato alla festa di un ambasciatore, fatto sesso nel bagno di un Concorde con un ballerino londinese; aveva fatto tutto questo e molto altro, Linda, ma non si era mai interessata di politica.

Lo guardò: era alto, magrissimo e aveva i capelli bianchi, questo almeno l'aveva accettato, aveva sessantacinque anni e li dimostrava, ma il suo viso era un campo di battaglia nel quale i migliori chirurghi del mondo avevano combattuto in nome della giovinezza necessaria, del sogno di resistenza cutanea del Presidente; 'Hanno perso la guerra', pensò la donna, che aveva studiato il latino, e sapeva a memoria molti proverbi, e spesso ne recitava qualcuno al suo amante, che applaudiva entusiasta e divertito; ma altrettanto spesso decideva di tenerli per sé, Linda, la hermosísima, i proverbi che le venivano in mente, e così fu in quel momento, mentre lui apriva una bottiglia di champagne, e le diceva che avrebbero dovuto prendersi una vacanza, entrambi, lei e lui, quanto prima, subito, appena avesse risolto questa storia dei sindacalisti arrestati.

'Mors et fugacem persequitur virum', le venne in mente, 'La morte raggiunge anche l'uomo che fugge', e anche i sintomi della morte, i segni sui nostri corpi, la debolezza delle nostre membra, anche questo ci raggiunge, qualunque sia la velocità della nostra fuga; le venne in mente che El Presidente non avrebbe corso più veloce della mors, 'Claro que no', e anche 'Omnia mutantur', le venne in mente, e cioè che tutto cambia, e anche i nostri visi, e di nuovo pensò che era un peccato che lui non avesse accettato questa evidenza e avesse ceduto alle illusioni della chirurgia; e si ricordò di suo padre, il suo viso da politicante napoletano il giorno in cui la polizia lo aveva arrestato nella sua casa romana, il suo viso rovinato e stanco, 'Vanitas vanitatum, et omnia vanitas', pensò, poi smise di pensare e baciò il suo amante sulla bocca, come lui le aveva chiesto, "Bésame, chica", e lo abbracciò forte e gli morse un orecchio, piano, e con le sue piccole unghie gli graffiò la schiena, sotto la camicia, poi gliela tolse, la camicia, e poggiò una mano sotto, sui suoi pantaloni di lino, poi la porta si aprì con un grande rumore e i due si girarono, e il segretario del Presidente disse "Scusate", e aveva gli occhi grandi di spavento o stupore, e disse di nuovo "Chiedo scusa", poi si schiarì la voce e disse "Presidente", e Álvaro Fernández Rojas, uomo di mille battaglie, alto potente uomo di Stato e d'industria, disse "Brutto figlio di una grandissima troia", disse, "Cosa diavolo ti viene in mente?", disse, e si alzò, con una evidente erezione e il torso nudo, magro cascante petto di sessantenne, gloriosa erezione in vista.

"Cosa diavolo sta succedendo?", disse, e il suo segretario, un giovane educato nelle migliori scuole private del Paese e laureato con ottimi voti, un ragazzo che aveva visitato molte città e conosciuto molta gente importante, anche grazie a quell'uomo, soprattutto grazie a lui, che voleva bene a quel vecchio come se ne vuole a un padre collerico e geniale, perfido e generoso, il ragazzo disse "Hanno circondato il Palazzo, Presidente, e sparano", e appena finì di dirlo un proiettile centrò il vetro della finestra accanto al divano dove si trovavano Linda e Fernández Rojas, e ci fu un incredibile rumore, lo sparo e il vetro che si frantumava e l'urlo di Linda, un lungo terribile grido di donna, e poi quando lei stette zitta ci fu silenzio, per un secondo, un solo straordinario secondo di silenzio; o forse erano soltanto le loro orecchie che si riprendevano da quello shock, subito di nuovo rumore di spari, mitragliate, folla che grida, e nella sala entrò il capo delle guardie del corpo del Presidente, l'ex ufficiale dei Marine Robert Lee di Dallas, Texas, e fece un saluto militare e disse al Presidente che sarebbe stato bene che lui e la signora lo seguissero nella mansarda dove alloggiava lui, l'ex marine, perché lì sarebbero stati più al sicuro, e Álvaro Fernández Rojas fece di sì con la testa, e si incamminò tenendo per mano la sua amante e recuperando la camicia, mentre passava, e la giacca e la cravatta.

Si affacciò nel salone d'ingresso, El Presidente, e vide le sue guardie del corpo, una ventina di uomini che lui conosceva uno per uno, per nome e cognome: sapeva chi era sposato e chi no, chi amava passare le vacanze al mare e chi in montagna, chi gradiva in regalo degli orologi d'oro e chi dei cellulari tecnologici, chi era fedele e chi donnaiolo, chi lo amava davvero e chi lo seguiva soltanto perché era un buon datore di lavoro, chi avrebbe rischiato la vita per lui e chi forse no. Li salutò con un movimento della testa, quelli si misero sull'attenti, li vide concentrati e tranquilli, si sentì meglio.

"Presidente", disse il marine, a bassissima voce, accostando il suo viso a quello del Capo, "Credo che la sua vita sia seriamente in pericolo", disse, alto, robusto, serio e con una grossa pistola in mano, "Me ne sono accorto, Dio santo, si può dire che mi è appena esplosa una finestra in faccia", fece un mezzo sorriso, Fernández Rojas, "Cosa sta succedendo?", chiese, e lo fece scandendo bene le parole, facendo intendere che era una domanda a cui si doveva rispondere con precisione.

Si era rivestito e aveva la cravatta ben allacciata, adesso, e aveva continuato a tenere nella sua mano quella di Linda, e ancora la teneva, mentre camminavano sulle scale interne del Palacio, mentre salivano verso la mansarda del capo della sua guardia presidencial, e ascoltò le spiegazioni attento e in silenzio, e la donna pensò che non sembrava avere paura, o forse fingeva bene, ma la cosa più probabile era che no, non riusciva ancora a credere di poter morire; che in nessun modo El Presidente poteva pensare, quel giorno, che qualcuno avrebbe osato ucciderlo, e che forse proprio per questo muoiono sempre i potenti che esagerano, questo pensò la donna: perché cominciano a credere che la rovina sia impossibile, che per quanto tirino la corda, nulla davvero si possa spezzare, che sia impossibile farsi male dalla loro posizione.

Così aveva creduto suo padre, che pure era un politico di poca importanza, così aveva creduto fino alla fine, fino a quando le manette erano scattate ai suoi polsi, e lui soprattutto doveva credere questo, El Presidente: che la gente che lo amava lo avrebbe comunque difeso, che il popolo che votava da dieci anni, e con entusiasmo, il suo Partido Socialista Popular, che quella gente non poteva permettere a dei maledetti esagitati che attentassero alla sua vita.

"Mia moglie?", chiese El Presidente, "E i miei figli?", il segretario disse che stavano bene, che erano stati portati nella proprietà di campagna, vicino al confine, e che entro due ore sarebbero stati in salvo, se Dio voleva, all'estero; "E la televisión?", chiese l'uomo, e Linda pensò che queste erano le sue priorità, queste erano sempre state, nella sua vita: la famiglia, anche se adesso stava nascondendosi in una mansarda tenendo per mano un'attrice con cui ogni tanto faceva sesso; e le reti televisive dalle quali parlava al cuore del suo popolo, di socialismo e giustizia, di successo e impresa, di riscatto e benessere; "Sono state oscurate, Presidente", spiegò il segretario, disse un cognome, senza riuscire a dire altro: "Maldonado", disse, e il Presidente si fermò, col fiatone e sempre stringendo la mano di Linda, "Felipe", disse, "Dov'è Felipe?", il segretario abbassò la voce, chinò lo sguardo, "Ha cercato di lasciare il Paese, in elicottero", disse, poi tossì, "Ma il velivolo è stato abbattuto", disse, Álvaro Fernández Rojas sbiancò, aprì la bocca a dire qualcosa ma non disse niente, restò con la bocca semiaperta, "È morto, Felipe è morto", disse, il segretario fece di sì con la testa, "Felipe", disse ancora.

Felipe Maldonado era stato il suo avvocato in una decina di processi, il capo del gruppo di avvocati che lo difendeva, corruzione di giudici e intralcio alla giustizia e spergiuro e abuso di potere e tentata corruzione di pubblico ufficiale, lunga era la lista di quei procedimenti, sempre era riuscito Felipe a tirare fuori El Presidente dai suoi guai, ed era stato premiato, il Principe del Foro, con uno scranno da deputato, e ora era morto, e amen.

"La situazione è molto grave", disse il segretario, e spiegò che il Capo di Stato Maggiore non aveva autorizzato i suoi reparti a muoversi verso il Palazzo, e la polizia era rimasta sola a difendere l'edificio, e non era riuscita a tenere a bada quella folla, "Sono comparsi dei kalashnikov", disse, e raccontò come a impugnarli fosse della gente che sembrava addestrata per bene, con i volti coperti e dei walkie-talkie, uomini capaci di portare avanti un assalto come in guerra, e non sembrava probabile che fossero capi sindacali né politici dell'opposizione.

"Los yankees", disse il segretario, "Pare che da Washington abbiano deciso di non ostacolare il golpe", così disse, e il Presidente non commentò, restò in silenzio: camminava con la testa sempre più bassa, curvo su quelle scale infinite, e Linda pensò che quella morte l'aveva colpito forte, che aveva sentito il suo corpo davvero minacciato, ora che sapeva che Felipe, il suo amigo più fedele, giaceva da qualche parte senza vida.

"Questo è il comunicato della Casa Bianca", disse il segretario, e gli porse un fax; Fernández Rojas lo lesse, avvicinando bene il foglio ai suoi occhi, perché aveva lasciato gli occhiali nel salone, e scuotendo la testa come a dire che sì, era proprio quello che si aspettava, poi ripiegò in quattro il documento e lo infilò in tasca. "Cosa possiamo fare?", chiese, e questo colpì il segretario, l'ex marine e l'attrice, perché era raro che il Capo formulasse una domanda con una voce così spenta, con uno smarrimento così evidente, "Stiamo cercando di individuare il capo della rivolta", disse il segretario, "Crediamo", disse, e guardò il comandante della guardia presidenziale, come a cercare complicità, a evidenziare che non era un'idea solo sua, "Che lei dovrebbe salire sull'elicottero che sta venendo a prenderla, e raggiungere la portaerei britannica che staziona al porto, e trattare da lì una resa vantaggiosa".

Erano arrivati nell'appartamento dell'ex marine, e si sedettero su un divano, lui e la donna, e il Presidente la guardò negli occhi e le disse: "Linda, mia principessa, mia amica, vuoi andare a casa?", e lei disse subito: "No", forte, come un grido, "Voglio stare con te", disse, 'Fiat voluntas Dei', pensò; El Presidente mise le sue braccia intorno al suo corpo, si sdraiò in un abbraccio stanco, sfinito, e sembrò quasi sul punto di piangere, ma non pianse.

Si tirò su, guardò il segretario e il marine, e disse che andava bene, che avrebbe incontrato il capo della rivolta e avrebbe trattato una resa onorevole, che intanto lui, il segretario, poteva chiamare la CNN, e annunciare che il Presidente Álvaro Fernández Rojas, segretario del Partido Socialista Popular e capo del governo, rinunciava a tutti i suoi incarichi e lasciava il potere nelle mani del presidente del Parlamento, in attesa di nuove elezioni. Poi disse che non avrebbe rinunciato alla proprietà delle sue reti televisive, e che gli avrebbero dovuto garantire che non avrebbe subito un processo. "Credi che accetteranno?", chiese al segretario, lui fece di sì con la testa, non disse niente.

Sentirono l'elicottero che atterrava sul tetto, vicinissimo a dov'erano loro, e sotto, nei piani più bassi del Palazzo, sventagliate di mitra e un'esplosione; "È ora che andiamo", disse il segretario, "Lei viene con noi?", chiese El Presidente all'ex marine, lui disse che era pagato per proteggerlo, ma che sull'elicottero non sarebbe stato utile, e che gli inglesi non gli erano troppo simpatici, e questo riuscì a dirlo sorridendo; "Resto con i miei uomini", disse, e porse la mano a Fernández Rojas, che la strinse, e poi fece un saluto marziale, la mano sulla fronte, l'americano ricambiò; si dissero addio, poi El Presidente si avviò verso il terrazzo, dove due poliziotti lo attendevano sull'attenti, "Se usciremo vivi da tutto questo", disse El Presidente alla sua amante, un attimo prima di salire sull'elicottero, stringendo di nuovo la mano di lei nella sua, "E se tornerò a essere Presidente di questo Paese, ti giuro che tu sarai deputato", così disse, e lei sorrise, "Come Felipe", pensò, poi pensò che lui non riusciva a capire, che non poteva proprio, che non c'era verso, e che lei poteva solo seguirlo, ed essere paziente, e salì sull'elicottero, e partirono.

(l'emozione è tutto nella vita,
quando siete morti è finita...
l'emozione è tutto nella vita,
quando siete morti è finita...)
Vinicio Capossela

Candele

C'era questo gatto che veniva a trovarlo, miagolava e miagolava e grattava la porta che dava sul giardino, e quando il ragazzo gli apriva prendeva a strusciarsi contro le sue gambe e miagolava più piano e faceva le fusa, e mangiava un po' di avanzi e si accucciava sotto il tavolo: zitto, felice e riconoscente.

Era metà agosto e il ragazzo era solo nell'appartamento, e in città continuavano ad arrivare i turisti e nelle spiagge, di sicuro, si divertivano tutti un mondo, col tempo che si teneva buono e quel mare azzurro trasparente più bello che mai; il ragazzo era solo e si svegliava presto perché doveva lavorare duro, e il gatto era diventato suo amico e compagno, le sue fusa come le carezze di un'amante discreta.

"Gatto", gli disse il ragazzo quella mattina, "Oggi è il mio compleanno", ma l'animale si gettò sulle crocchette e non gli rispose, forse era un tipo moderno e non dava peso alle ricorrenze. "Gatto", gli disse il ragazzo accarezzandogli la testolina, "Oggi è il mio compleanno e sono solo; comprerò una torta e la mangeremo insieme, e forse, se avrò coraggio, inviterò Mila a cena; magari trovo del pesce fresco da cucinare, magari ci ubriacheremo tutti e fumeremo qualcosa e ascolteremo Paolo Conte pregando che l'estate non finisca mai, e questa solitudine sì, il prima possibile".

Disse così, il ragazzo, e il gatto lo ascoltava con le orecchie tese e si trovò d'accordo, e finì di mangiare in fretta per potergli accarezzare le gambe con la sua schiena pelosa, e quando il computer si fu riacceso il micio pensò che sarebbe stato bello trovare un regalo per quell'uomo di vent'anni, 'Un pensierino', si disse il gatto, che usava espressioni da telefilm, certe volte.

Cercò di concentrarsi sul regalo migliore che avrebbe potuto fargli, pensò intensamente, per cinque minuti, poi si addormentò, come gli capitava spesso, e prese a sognare, e sognò una spiaggia di sabbia fine e torce accese sul bagnasciuga e una mulatta bellissima che abbracciava il suo ospite chiamandolo Amore, e branchi di pesci che dall'acqua volavano verso gli scogli, e lui, il gatto, spietato e agilissimo, che li acchiappava al volo uno dopo l'altro mangiandoli lì, tra le rocce appuntite e gli schizzi delle onde, e Bob Marley a cantare il coraggio di stare bene con niente.

E sognò una foresta di abeti e querce così grosse e alte da sembrare immense, e degli esseri strani che saltellavano nel bosco e avevano casa nei tronchi cavi e canticchiavano filastrocche di maghi e di orchi, esseri strani con occhi da lucertola e mani piccole dalle dita affusolate; nel sogno le bestie incantate lo cullavano con parole e balli sconosciuti, suonavano l'organetto accanto alle sue orecchie ed era dolce quel sogno e dolce quella musica, e il gatto avrebbe voluto non svegliarsi mai, vivere lì tra gli alberi enormi della foresta e mangiare la zuppa di foglie dei mostri dagli occhi spiritati e saltare leggero da un ramo all'altro, e invitare il ragazzo solitario di quell'appartamento a trasferirsi lì: un tronco cavo c'era di sicuro della sua misura, e avrebbero potuto essere amici, tutti quanti, e raccontarsi storie davanti a un fuoco, la sera, ascoltando l'arpa di un folletto e cantando il coraggio di stare bene con niente.

Il gatto dormiva e sognava e il ragazzo uscì, lasciando aperta la porta perché il suo amico potesse andare in giardino a fare la pipì, se ne sentiva voglia; il ragazzo uscì e girò la città in cerca di un negozio di candele, girò per molte strade, dal quartiere alto a quello davanti al porto, girò tra i vicoli stretti e i viali alberati, girò per quasi un'ora, solo e silenzioso nel caldo del tardo pomeriggio; finché trovò una bottega che non aveva mai visto, e che vendeva proprio quello che lui cercava, e soltanto quello: candele di compleanno di tutte le forme.

Il proprietario era un vecchio signore dagli occhi bianchi come i capelli e la barba, e salutò il ragazzo e gli chiese per chi erano le candele che cercava, e quando seppe che era il suo compleanno disse "Bene!", con la sua voce roca di vecchio che ha visto tutto, ma non abbastanza, e gli chiese "E con chi lo passerai questo giorno speciale?", e il ragazzo per poco non s'offese, 'Cosa vuole questo tipo mai visto che mi chiede una cosa così?', pensò, "Voglio solo un candela, io", gli disse, ma il vecchio fece finta di non sentire, sorrise, si lisciò la barba e disse "Adesso ti spiego, ragazzo mio, ascoltami bene, qui dentro ci sono candele di ogni tipo, forma e colore, candele per chi compie gli anni da solo e per chi li festeggia con una bella moglie; per chi ha più di due figli e si è stufato di averli e per chi ne vorrebbe cinque e non ne ha avuto nessuno; ci sono candele ritorte per chi borbotta su tutto e candele liscissime per chi non si cura di niente; candele azzurre di cielo per i marinai e rosse come il fuoco per gli amanti infedeli, e bianche per i preti invecchiati e rosa per le belle bambine, e doppie per chi ama e poi odia, e triple per chi adora due donne, e lunghissime per chi sogna da sempre e minuscole per chi è felice con poco, e poi ci sono ancora gli odori, buoni e cattivi, ragazzo mio, e non so se hai abbastanza tempo per sentirli tutti".

"Posso sedermi?" chiese il ragazzo, poggiò il suo corpo per terra, le spalle al muro, il vecchio fece il giro del bancone, si sistemò al suo fianco, "Cosa c'è, figliolo?", gli chiese, e tirò fuori una pipa da una tasca e la caricò, odore di tabacco e caffè; "Vuoi fumare?", chiese al ragazzo, lui rispose di no.

"Io scrivo storie ma sono tutte tristi", disse, fissando l'uomo negli occhi profondi, "Io vivo di storie che non ho vissuto, e parlo con i gatti vagabondi"; "E tuo padre, e tua madre?" chiese l'uomo, "E la tua fidanzata?", ma il ragazzo non voleva parlare di questo, il vecchio se ne accorse, gli abbracciò una spalla, forte, "Vieni", disse, "Ho capito, adesso, che candele ti servono".

Preparò un pacchetto, glielo porse con un sorriso grandissimo, lo salutò con un inchino e una specie di augurio in una lingua che il ragazzo non riuscì a riconoscere; fece la strada di ritorno pensando a Mila e ai suoi occhi nerissimi, rientrando nell'appartamento trovò il gatto che strisciava le zampe sul muro, i polpastrelli bagnati di vernice rossa, ed era una specie di disegno quello che aveva fatto: si vedevano una spiaggia, delle palme, un tavolino di legno; il gatto andò incontro al suo nuovo padrone facendo le fusa felice.

Poi in giardino si fece buio di colpo e suonò il campanello, e Mila arrivò vestita da mare, un pareo azzurrissimo e una maglietta color cioccolato, "Buon compleanno", disse al ragazzo, "Ho sentito il profumo delle candele e l'ho seguito con gli occhi socchiusi", "Ma le devo ancora accendere", disse lui trovando il coraggio di baciarle una guancia, anche lei lo baciò, poi si girarono insieme e le videro: sul tavolo bruciavano forte sette candele di tutti i colori: quella bianca, più bella di tutte, odorava di legno invecchiato abitato da gnomi; una verde, lunga e magrissima, profumava d'amore dei giorni di sole; quella nera, con riflessi d'argento, aveva aroma di fiori in un prato d'aprile; una semplice, di forma impossibile, aveva sapore di cannella e tè verde; quella smeraldo, venata di giada, portava l'odore dei capelli baciati; una larga, di cera di vespe, sapeva di pepe e campagna bagnata; l'ultima della

145

fila, piccola e scura, era il regalo del vecchio barbuto: sapeva di gatto arrivato per caso, d'amante infedele dagli occhi di luna, di giorni d'estate passati a scrivere storie, di case in silenzio ad ascoltare le trame, di vita che corre e ti strega tristissimo, di compleanni d'agosto e pomeriggi morenti, di felicità che scoppia insperata, di una festa bellissima con una torta e una donna, di sette candele che bastano a tutto, del coraggio che serve a stare bene con niente.

I personaggi e le storie di questo libro sono interamente frutto della mia fantasia.

Ringrazio Giovannapaola e Aurelio Soriga, Raffaela Pani, Mario Andreose, l'Accademia di S'Archittu, Giovanni Maria Bellu, Raffaella Berti, i Bernardi, Paolo Cananzi, Cristiana Carta, Antonella Chessa, il Circolo Marras, Lella Costa e Katiù, Donatella Martina Cabras, Marco Crabu, Diego Cugia, Isabella D'Amico, Fabio De Luigi, Stefania Eusebio, Valeria Frasca, Beatrice Gatti, Emanuela Lancianese, Cristina Lavinio, Eugenio Lio, Francesca Lonoce, Luciano Marrocu, Carla Moroni, Marzia Nurchi, Giovanni Peresson, Luca Pes, Enzo Rammairone, Roberto Santachiara, Frida Sciolla, i Seneghesi, Elisabetta Sgarbi, Marino Sinibaldi, Giuseppe Solinas, Alberto Urgu, Laura Valetti e Ileana Zagaglia.

(Roma, ottobre 2008)

Indice

Bompiani ha raccolto l'invito della campagna
"Scrittori per le foreste" promossa da Greenpeace.
Questo libro è stampato su carta certificata FSC,
che unisce fibre riciclate post-consumo a fibre vergini
provenienti da buona gestione forestale e da fonti controllate.
Per maggiori informazioni: http://www.greenpeace.it/scrittori/

Finito di stampare
nel mese di febbraio 2009 presso il
Nuovo Istituto Italiano d'Arti Grafiche - Bergamo
Printed in Italy